庶務行員

多加賀主水の憤怒の鉄拳

江上 剛

祥伝社文庫

目次

第一章　煽り

1

厚手のカーテンで閉め切られた薄暗い室内に紫煙がたなびいている。今時、たいていの室内は禁煙になっているのだが、ここだけは無法地帯だ。

「どんな手を使ってもやり遂げるのだ。分かったな」

興和菱光銀行の頭取・清河七郎は、煙草で喉を傷めているのだろうか、やや掠れた声で言った。

そして吸っていた煙草を灰皿に押し付けた。まだほんの少ししか吸われていないが、白い巻紙は無残にも押し潰され、中から茶色の葉が飛び出す。

清河の前に座る総務部長の芹沢勇が咳を放ち、顔を歪める。清河の吐き出した紫煙が喉に入ったのだろう。

「頭取にご満足いただけるよう努めます」

咳をこらえながら芹沢が答える。

「頼んだぞ。我が興和菱光銀行はメガバンクの上を行くギガバンクを目指している。そのためには積極的に銀行を買収していかねばならない。この低金利下の収益厳しき中において銀行買収など馬鹿げているという声もある。しかし私はそうは思わない。金融こそシェアが重要なのだ。利ザヤが薄ければ薄いほど、広いエリアから収益を得る必要がある。今、金融界は縮み上がっている。誰もが未来を信じられず尻込みをしている。こんな時こそ我が行がリスクを取り、積極策に打って出ることは、天下国家のために必要であると、金融庁も大いに期待しているところだ。分かるか、芹沢君」

清河の得意げな演説が室内に木霊する。

現在、金融界は未曾有の危機的な状況にある。政府と日銀がタッグを組んで進める超低金利政策の弊害が露骨に表われているのだ。

政府と日銀は、低金利政策を実施すれば、銀行は融資を増やし、企業は設備投資を実行し、企業業績が向上し、労働者の賃金が増え、景気が良くなると考えていた。

まるで、風が吹けば桶屋が儲かるみたいな青写真だ。実際は、思ったようにはいかない。予想していた二％の物価上昇は一向に叶わず、企業業績も労働者の賃金もなかなか向上しない。

とはいえ、政府、日銀ばかりを責めることはできない。世界主要国の中央銀行および政府が、日本と同じ金融政策を採用しているのだが、日本と同様、思ったような成果を得られていないのである。

従来の金融政策が効果を及ぼさない事態が、世界中で進展しているのだ。しかしその対処法が分からない以上、政府と日銀は超低金利政策を継続するしかない。もしこの政策を中止したら、どんな予想外の事態が起きるか分からないとの恐怖に呪縛されているのである。

超低金利政策の弊害で、金融界は低収益地獄に落ち込み、もはや息も絶え絶えの状況だ。巷間では、銀行の連鎖破綻が起きるのではないかとの不穏な噂まで流れている。

人々は緊急事態を懸念して、預金をメガバンクに集中させている。どんな危機に陥っても、よもやメガバンクは破綻しないだろうという思い込みがあるからだ。

ところがそのメガバンクも、経営の厳しさは日に日に増している。多大な預金が集中しても運用に困り、適切な利ザヤが稼げない。その結果、メガバンクと呼ばれる四行の中で、優勝劣敗が明確になりつつあった。

　メガバンク中のメガバンクと名高い国内トップの興和菱光銀行の頭取清河は「金融界の異端児」の異名を持つ。

　同姓で、進取の気性に富んでいた尊王攘夷の幕末志士、清河八郎に、深く心酔していた。そのためだろうか、国家のため世の中を変えねばならぬ、などと銀行家にしては珍しいことを公言して憚らない。

「頭取のお考えは十分に承知しております」芹沢は答えた。「それよりもお煙草を少しお控えになった方がよろしいかと思いますが」

　芹沢は、いがらっぽくなった喉を鳴らす。

　清河が、新しい煙草に火をつけた。

「何を言うのかね。新選組を率いた芹沢鴨の子孫とは思えぬ、頼りない諫言だな。煙草は、我が行の主要取引先である日本紫煙の製品だよ。取引銀行が主要取引先の製品を愛用しないで、どうするんだね。私は全行員に煙草を推奨したいくらいだよ。国に税収をもたらすんだからね。国家のために煙草を吸え！」

「それだけは、おやめください。ハラスメントになってしまいます。それに、私は芹沢鴨の子孫というわけでは……」

芹沢は焦った。名前こそ新選組の局長だった芹沢鴨に似ているが、血縁関係は全くなかった。近藤勇に暗殺された人物の縁戚と思われたくはない、と芹沢は内心で否定する。

「ははは、冗談、冗談」清河は楽しげに笑ったが、急に真顔になった。「第七明和銀行を吸収する──それは冗談ではない。どんな手を使っても痛めつけ、弱らせるんだ。あの銀行は、メガバンクの中でも最下位だ。もはやメガバンクとはいえないかもしれない。あそこが弱れば、金融庁も我が行に救済するよう頼んでくるだろう」

清河の口から紫煙が吹き出る。

「すでに第七明和の主要店舗には、刺客を手配しております」

「具体的にはどの店舗だ」

清河の問いかけに、芹沢はいくつかの店舗名を挙げた。

「高田通り支店も入っているんだな」

「入っております」

「あのエリアは私が支店長として初めて勤務した土地だ。まだ当時は合併前──

第七と明和だったが、あの二行にはかなり苦しめられた。嫌な思い出しかない。あの支店だけは徹底して潰せ」

清河が芹沢を鋭く睨んだ。

「御意」

芹沢は低頭し、煙草の匂いがこもる頭取室を辞した。

2

開店時刻になり、多加賀主水はＡＩロボット「バンクン」の電源を入れた。すぐさま起動したバンクンは、気だるげに二、三度首を振る。身長は一〇〇センチほど、全体が淡いブルーで塗装されている最新型のＡＩロボットだ。黒目がちのつぶらな瞳と小さな口がトレードマークの、愛らしい顔をしている。接客用に試験的に導入されているのだが、今では支店の大変な戦力となっている。

「主水サン、オハヨウございい、ござい……ます」

「バンクン、調子悪いね。まだ眠いの」

主水がバンクンの頭を軽く拳で叩くと、バンクンは大きな目をパシャリパシヤリと瞬いた。

「イタイなぁ。主水サン、何をするんですか。主水サンが殴った瞬間は自動で撮影されましたからネ。難波サンにパワハラだと訴えマス」

「やっと本調子になったね」

主水が微笑む。と、その背後から声がかかった。

「主水ちゃん」

開店早々、支店に飛び込んできたのは、クリーニング店の女主人・坂本乙女だった。手に持ったチラシを振っている。

「どうしました？　朝早くから」

「これ、これ見てよ」

乙女が両手で主水の目の前にチラシを差し出した。その目が血走っている。

ただならぬ様子を察した主水は、チラシに目を凝らした。横からバンクンも覗き込んでくる。

「すごい預金金利ですネ」

「そうよ、バンクン、よく分かるわね」

乙女が体をかがめて、バンクンの頭を撫でた。

「確かにすごいですね。一年定期預金が一・〇%、三年定期預金が一・五%ですか？　今、当店の定期預金金利は、どの期間も〇・〇一%ですからね」

主水は目を瞠った。

「そうよ」乙女が大袈裟に手を振る。「金利〇・〇一%だと、一〇〇万円を一年預けたとしても、一〇〇円しか利息がつかないじゃない」

「税金が二〇%かかりマス。ですから八〇円ですネ」

バンクンがすらすらと訂正した。ロボットなのに、顔をしかめているように見える。

「缶コーヒーも買えないですね」

主水も顔をしかめたが、本音では定期預金をしていないので、実感があまりなかった。

「そうよ。なけなしのお金、一〇〇万円を一年間も預けてさ。八〇円だなんて、今時、子どもだって喜ばないわよ」

乙女が興奮する。

「すみませんね」

主水が謝る。

「主水ちゃんが悪いわけじゃないわよ。日本銀行が悪いのよ」

乙女の興奮は収まらない。

「このチラシ、大変なことが書いてありますネ」

乙女の怒りを逸らすかのように、バンクンがチラシを指さした。

「そうなのよ、主水ちゃん、これ、これ」

乙女が、よく目立つように太字で書かれた箇所を指さした。

「なに、なに……。第七明和銀行高田通り支店の預金者の皆さまへ、か。興和菱光銀行高田支店では、第七明和銀行高田通り支店から預け替えをしていただいた方に限り、特別金利を付与いたします」主水は読み終え「ええっ。これは大変だぁ」と声を裏返した。

「主水ちゃん、どうしたの？　素っ頓狂な声を上げちゃって」

事務課長の難波俊樹が、のんびりとした様子で近づいてくる。

「難波課長、これを見てください」

主水は乙女からチラシを奪い取り、難波に渡した。

「興和菱光銀行のチラシじゃありませんか」

難波はおっとりとした様子でチラシに目を落としたが、一瞬にして表情を強張らせ、目を泳がせた。

「主水ちゃん……これは」

「そうなんです。高田通り支店を狙い撃ちです」

「山本リンダみたいなことを言わないでください」

「もう、第七明和もしっかりしてね」乙女は苦笑した。「ということで私は、この支店の定期預金を解約して興和菱光銀行に預け替えするからね。悪く思わないで。あらら、あんなに並んでいるじゃないの」

いつの間にか、生野香織の預金窓口には客が列をなしていた。

香織が泣きそうな顔をこちらに向けている。

「課長、誰か応援をお願いします」

並んでいる客たちの表情は険しく、殺気立っていた。

3

支店内は殺気に満ちていた。客が溢れ、外にまで列が延びている。

「興和菱光が、先着一〇〇名で締め切ると言っているらしいぞ」

若い男性客が声を荒らげた。しかし、それが嘘か本当か、誰も確認できない。早く解約して興和菱光に駆け込まないと、高金利のメリットを享受できない――焦った客たちが、口々に叫ぶ。

「早くしろ！」

「なにぐずぐずしているんだ！」

「こっちの窓口も解約窓口にしてちょうだい！」

「おしずかに、おしずかにお願いいたしマス」

押し寄せる客に揉みくちゃにされながら、バンクンが可愛い声でなだめようとしていた。

「おい、そこのロボット、うるさいぞ」

ハンチング帽をかぶった若い男性客が、いきなり拳でバンクンを叩く。

「アアア」

バンクンは奇妙な声を上げて床に倒れた。

「おい、何するんだ」

見かねた主水が駆け寄り、バンクンを抱き起こす。

「大丈夫か？」

「だ、だいじょうぶデス。人間って怖いですネ」

主水の腕の中で、バンクンが呟いた。主水の目には、バンクンが涙を流しているようにさえ見えた。

「おい、あんた、うちの客かどうか知らないが、バンクンは人間より優秀なロボットだぞ。よくも殴ったな」

主水は、バンクンを殴った男を睨みつけた。

「機械のくせして、うるせぇんだよ」

男が悪態をつく。

「バンクンはただの機械じゃないぞ。この野郎！」

主水はバンクンを支えて立たせ、彼に飛び掛かろうとした。普段は冷静な主水も、店内に満ちている客の殺気に影響され、尋常ではない精神状態になっていたのである。

「主水ちゃん、やめなさいよ」

乙女が悲しそうな顔で主水を止めた。

「あっ、坂本さん、もう解約は済んだのですか」

主水が訊いた。バンクンも一人でしっかりと立っている。

「やめたわ」

「やめたって、解約するのをやめたのですか」

「そう」乙女は小さく頷(うなず)いた。「だってさ、寂しくなったよ。自分自身がね」

「どうしたのデスか？　サビシイ？」

バンクンがつぶらな瞳で乙女を見上げた。

「私が旦那(だんな)とクリーニング店を開こうとした時、快(こころよ)く融資をしてくれたのが、この支店だからね。そんな恩義を忘れて、高金利に釣られて定期預金を解約する自分が情けなくなってさ……」乙女は客たちがなす長蛇(ちょうだ)の列を悲しい目で眺(なが)めた。そして意を決したように、声を張り上げる。「皆さん、私は解約するのをやめました。これっておかしいでしょう。この支店から預け替えした人だけに高金利をつけるなんて、そんなおいしい話、きっとこの支店を潰そうとする策略に違いありません。この支店が潰れてもいいんですか」

「ここが潰れるかどうか？　そんなの関係ねぇ。高金利の方がいいさ」

バンクンを殴った男が言う。

「小島(こじま)よしおみたいなことを言うんじゃないの。私は、この支店が潰れたら困るのよ」

乙女が言い返し、男と睨み合いになった。

「おい、こいつ、見たことがあるぞ」その時、別の客が男を指さした。「興和菱光銀行高田支店の行員じゃないか」

男は図星を指されたのか、ハンチング帽を目深にかぶり、急にそわそわしはじめた。

「おい、どういうつもりなんだ」

肩をすぼめて逃げ出そうとする男に、主水が詰め寄った。

「なにがだよ」

逆上した男が主水に食って掛かったが、その声は震えていた。ハンチング帽のせいで表情はよく見えない。

「皆さん、この支店が潰れていいんですか？」なおも乙女が客たちに呼びかける。「私は困ります。私はこの支店に、大変お世話になっています。今、そこで必死に解約手続きをしている香織ちゃん、いつも親切なのよね。ありがとうね。解約しそうになってごめんね」

「坂本さん……」

香織が今にも泣き出しそうな顔で、乙女を振り仰いだ。

「私、困るんです。この支店を頼りにしているんです。だから、思い直しました。このまま預金を続けます」

乙女は客の列に頭を下げると、主水を振り返って「頑張ってね」と言い、支店から出ていった。

いつの間にか、興和菱光銀行の行員と疑われた男も消えていた。

「そうね……。私もこの支店がなくなると困るわ」

困惑気味に言う客が、一人、二人と列から離れていく。

「皆さん！」支店長の古谷伸太がロビーに現われて、突然、土下座した。耳まで赤く染め、涙を流している。

「私は、支店長の古谷です。日ごろのご利用、ありがとうございます。この支店をお守りください。預金の解約を思いとどまってください。誠心誠意、全力投球でみなさんのために頑張りますから」

ロビーに残った客に、支店長は声を張り上げた。

「シテンチョウ……」

バンクンが古谷に近づく。

「おお、バンクン……」

古谷がバンクンに寄り掛かった。

三々五々、客が店から出ていく。誰もが渋い表情を浮かべ、かつ無言だった。

ついに、ロビーから客が消えた。先ほどまでの殺気に満ちた空気が緩む。

「良かった……」

古谷はその場にうつ伏せに倒れ、気を失った。

「医者、医者を呼んでくれ」

主水が慌てて古谷に駆け寄った。

いったい誰がこんなことを仕掛けているんだ……。

主水は怒りを押し殺し、痛いほど奥歯を嚙み締めた。

4

主水、香織、難波の三人は、高田通り支店近くの焼肉店『ニュー・ソウル苑』に来ていた。

香織が肉を裏返す。

「香織ちゃん、そんなにせっかちに肉を動かしたらダメですよ。早く食べたいのは分かりますが」

難波が渋い顔をする。

開店早々に起こった、取り付け騒ぎとでもいうべき定期預金解約騒動は、坂本クリーニング店主人の坂本乙女のお陰で収束したが、明日以降はどうなるか分からない。今夜は、とりあえずの慰労会だ。

難波によると、今日だけで定期預金が二〇億円も純減したらしい。

高田通り支店は、預金が三〇〇億円、そのうち定期預金が二〇〇億円、貸出金が三五〇億円という中規模店である。二〇億円といえば、定期預金の一割に当たる。それほどの純減は、非常に厳しい。

「課長、テレビで焼肉の本当の焼き方を検証していたんです。こうして頻繁に肉を返すと、ジューシーに焼けるんですって。私にお任せください」

香織はトングを置く気配すらなく、努めて明るくふるまった。

定期預金の窓口係として、今日は支店で一番働いた香織が、そんな苦労を一切顔に出さず、いつでも明るくふるまえるのだから、頼りになると主水は思う。

主水の目の前、焼肉のたれの小皿の脇には、乙女からもらったチラシが置いてあった。

「どうして興和菱光はこんなことをしたのでしょうか」

難波が、香織の焼く肉を気にしながら訊いた。

「ひっくり返す気なんでしょうね」

主水が言う。

「肉をひっくり返すみたいに？」

香織が「はい、焼けました」と難波に肉を差し出しながら、少しおどけた風を見せる。

「おお、お待ちかね、お待ちかね」

難波は肉をたっぷりとタレに浸し、口に放り込む。「おおっ、美味い！　たしかに全然違いますね。ジューシーです。パサパサしていません」

「そうでしょう？　タイミングを見てひっくり返すことで、おいしくなるんです」

香織が得意げに胸を張る。

「興和菱光は第七明和を、まさにタイミングを見て、ひっくり返そうとしているんですね」

主水も香織の焼いてくれた肉に箸を伸ばした。口に入れた途端、肉汁がほとばしり出てくる。

「なんのために、そんなことをするの？　今時、金利一％なんかで預金を集めたら、貸出金利より高くてコスト倒れになるだけでしょう」

香織が、ようやく自分で焼いた肉を口に放り込んだと思ったら、もう次の肉を網(あみ)の上に並べ始めている。

「本当ですよ、預金は集めるだけ損をする時代なのですからね」

難波が次の肉を頬張(ほおば)る。肉の焼ける音が、主水の胃袋を刺激した。

「お待たせ！」

本店企画部勤務の椿原美由紀(つばきはらみゆき)が店内に飛び込んできた。

「美由紀ちゃん、早く食べないと、みんな難波課長に食べられてしまいますよ」

主水が笑いながら言う。

「課長、私の分も残しておいてくださいよ」

美由紀はバッグを肩から降ろすと、香織の傍(そば)に座った。

「あらら、そんなに食いしんぼうじゃありませんよ」

難波はそう言いながらも、すかさず肉を口に入れた。

「それ、私のですよ」

主水が難波に怒る。

「あら、すみません。細かいことはいいじゃないですか。それより椿ちゃんの情報を聞きましょう」

「上手くはぐらかされましたね」

主水は悔しそうにトングを掴むと、新たな肉を網に載せた。香織を真似て、頃合いを見て頻繁にひっくり返していく。

「新田秘書室長からも、主水さんたちに話しておくようにと言われたの」

美由紀が神妙な顔で切り出した。

「興和菱光の高金利作戦について、新田さんも何かおっしゃっているのですか」

難波が訊く。ただし、その間も肉を食べる手は止めない。

主水は、肉を焼くのを香織に任せ、ビールを飲んだ。真剣な顔つきになっている。

「ええ、じつは今日、高田通り支店だけでなく、神奈川県の大倉山支店、千葉県の浦安支店など十店舗でも、同じことが起きたの」

「十店舗もですか」

主水が驚いて訊き返した。

「そりゃあ、組織的ですね」難波もようやく箸を置いて腕を組み、唸った。「興和菱光高田支店独自の思いつきというわけじゃあなさそうですなぁ」

「ええ、そう思います。新田室長のお考えも同じです。高田通り支店は二〇億円の被害で済んだようですが、中には一〇〇億円近く引き出された支店もあります。現金での払い出しはお断わりしました。とてもご用意できませんから」

「うちだって現金はないから、小切手や振り込みで対応してもらったの」美由紀の発言に、香織が続いた。「すると手数料は銀行で負担しろ、利息が少なくて手数料にもならないじゃないかって怒るお客がいてさ。もうパニックだったわ」

「バンクンも殴られましてね」

難波が怒りを露わにする。

「実際、ひどいものでしたね。興和菱光の行員が紛れ込んでいて騒動を煽ったのですよ」

主水は苦い顔で、もう一口ビールを呷った。

「それは本当ですか」

美由紀が目を見開いた。

「ええ、本当です」主水は頷いた。「私がとっちめたら、こそこそといなくなりましたが、あきらかに煽りです」

「新田室長に報告しておきますね。興和菱光が組織的に動いている疑いがあるんですね」

「それで、本部としてはどんな対策を講じるの」

香織が真剣な顔で訊く。肉を焼く手は止めていないが、男二人が箸を置いてしまったので、もっぱら美由紀のために焼いているようだ。

「まさか興和菱光に対抗して、うちも高金利を付与するんですか？」

難波も質問を重ねた。

「今、企画部を中心に検討しているけど、それはないみたいね」美由紀は首を横に振った。「そんな高金利をつけて対抗したら、結局、損失を被るだけだから。新田室長によると、吉川頭取も頭を抱えているみたい。金利は、各銀行が自由に決められるから」

「打つ手なしか……」主水が呟き、天を仰ぐ。「もし高金利に対抗したら、第七明和も倒れるということですね。抗議しても、金利の設定は各行の自由だといって無視される……」

「そういうこと」頷いた美由紀がようやく肉を口に運び、表情をほころばせた。

「なに、この肉、ジューシー」

「私の焼き方が上手いのよ」

香織が自慢する。

主水は、二人の他愛(たあい)ない幸せそのものの会話を聞いていると、余計に不安が募(つの)ってきた。第七明和銀行の存立を脅(おびや)かしかねない大きな危機が、再び迫っているような気がしたのである。

主水の心配も知らぬげに、難波が再び箸を手に取り、我先にと肉を食べ始めた。

「深刻なのはね……」

箸を置いた美由紀は、スマートフォンの画面を見せた。

「なぁに？」香織が覗く。「なに！　この動画！」

香織のあまりの驚きように、難波が肉を箸から落とした。

「いったい何が映っているんですか」主水も覗き込み、絶句した。「これは……」

「どれどれ」

肉を箸で摘(つ)まみ直し、タレにたっぷりと浸していた難波も顔を上げる。

「えっ」

難波が絶句して、再び肉を焼き網の上に落としてしまった。ジュッと音がして、煙が上がる。

「【悲報】第七明和銀行が潰れる⁉ 取り付け騒ぎ発生！ 出金を急げ！ ですって？」

思わず動画のタイトルを大声で読み上げた香織が、慌てて自ら口を塞いだ。

その目は不安げに美由紀を見つめている。

「この映像は、たしかに高田通り支店ですね」主水は腕を組んだ。「私やバンクンが映っている。支店の外まで溢れ出た客の姿を見せて、第七明和銀行が潰れるから取り付け騒ぎが起きたとデマを流しているんですね。これは悪質だ。この映像を見た預金客が、明日以降、うちだけでなく全ての支店に押し寄せますよ」

「その対策として、既に全店に張り紙やメッセージを流して、お客様に安心していただけるように準備しているところ」

美由紀が深刻そうな顔で言い、スマートフォンを仕舞った。

「そんなことで抑えられるかな」香織が身を震わせた。「今日だってみんな凄く興奮してて、怖いくらいだった」

「早く手を打たないと、大変なことになりますね」

主水は眉根を寄せた。

「新田室長が、主水さんに何かいいアイデアはないか聞いてこいって」

美由紀が主水に縋るような目を向けた。

新田は、これまでも数々の事件を解決してきた主水の力に期待してくれているのだろうが、果たして一介の庶務行員の手に負える事態だろうか。

主水は考え込んだ。香織、美由紀、そして難波の視線が、痛いほど突き刺さる。

「一つ、不思議なことがあります」

腕組みを解いた主水が、おもむろに口を開いた。

「不思議なこと？」

香織が先を急かすように訊いた。

「これは、坂本さんが持っていたチラシです」

主水は、坂本乙女から受け取ったチラシを見せた。

「これのどこが不思議なんですかねぇ」

難波が首を傾げる。

「分かりませんか？」

「はい……」

香織と美由紀も顔を見合わせ、情けなさそうな顔をする。

「ここです」

主水が指さした箇所には「坂本クリーニング店　坂本乙女様」と書いてあった。

「坂本さんに届いたチラシだから当然でしょう？　おかしなところはありませんなぁ」

難波はますます首を捻った。

「私、確かめたのです。今日、列に並んでいたお客様にね。そうすると皆さん、チラシにちゃんと書いてあったんです。宛名が……」

「つまり、見境なくポスティングしたわけじゃないってことですか」

香織が呟く。

「どうもそのようです。あまりにも長蛇の列ができていたので、一見、町中に見境なくチラシをポスティングしたと思いがちですが、どうも興和菱光は、高田通り支店の定期預金の顧客情報を持っていて、それを利用しているようですね」

言い終えて、主水はビールジョッキを傾けた。

「……ということは、顧客情報が漏れている？」

難波が目を剝く。

主水は頷いた。

数秒間の沈黙が続く。

「それって最悪じゃん」

香織が「お手上げ」とばかりに両手でバンザイをした。

「取り付け騒ぎに顧客情報漏洩！　なんてこと。気づかなかったわ。他の支店も同じかしら？」

努めて冷静であろうとしている美由紀の表情にも、一気に不安が滲む。

「おそらく……」

主水は、真剣な眼差しで美由紀を見つめた。

「すぐに調べなきゃ」美由紀が青ざめる。「顧客情報の漏洩が明らかになったら、頭取が謝罪に追い込まれることになります」

「もし情報漏洩が事実だったとしたら、犯人を捜すことが先決です。犯人が、入手した情報を利用して特定の銀行の特定の支店の客を狙い撃ちするのは……それも、各行の自由ですか？」

主水が問いかける。

「うーん、よく分からないけど、犯罪でしょう？」

香織は苦しそうに答える。

美由紀がスマホで検索し始めた。

「個人情報保護法の第十七条には、偽りその他不正の手段により個人情報を取得してはならない、とあります」

「そういえば」敵に非があると判って、難波が勢い込む。「勤務先の顧客情報を持ち出して営業に利用した生保の営業マンが逮捕されたことがありました。あれは不正競争防止法違反でしたね。不正を承知で顧客情報を入手して、自分のビジネスに利用してはいけないってことです」

「今回の興和菱光の行為は犯罪だってことですよ」主水はキムチを口に運んだ。

「ここに問題を解決する糸口があります……うっ、辛い」

主水の額（ひたい）に、一挙に汗が噴き出てきた。

5

翌朝、主水がロビーで開店準備をしていると古谷支店長が歩み寄ってきて、声を潜めて愚痴をこぼした。

「本部にね、もう大変だって報告したんですよ」

古谷は、たった一日でやつれてしまった。

現代の銀行は、徹底的に安い金利を設定し、まるで預金など要らないかのような振りをしている。実際、どれだけ金利が低くとも、地銀からの預け替えで、メガバンクにじりじりと預金が集まっているのである。経済ニュースで、地銀の経営不安がまことしやかに囁かれているからだ。黙っていても預金が集中する現状に、あるメガバンクの幹部は「預金など要らない」とさえ言いきった。

誰あろう古谷も、同じ意見を持っていた。古谷はその代わり、投資信託や保険などの手数料収入が期待できる金融商品の過大なノルマを行員たちに課している。そのことは大いに問題であり、主水はいつかぎゃふんと言わせたいと考えていた。

しかし、さすがの古谷も、一日で二〇億円もの預金がなくなるという異例の事態に恐怖を覚えたのだろう。

銀行に預金がなくなれば、融資はできない。銀行は、預金を原資にして企業融資や住宅ローンを実行しているのである。もし預金が一時的にせよ不足すれば、マーケットから資金を調達することになるのだが、必要な時に、必要なだけ資金が集められるとは限らない。しかも預金ほど低金利ではない。時にはオーバーナイト資金という、たった半日程度の資金調達に数十%の金利を支払う事態になることもあるのだ。

「……そうですか。本部は、なにか策でも授けてくれましたか」

主水はやや皮肉を込めて訊いた。本部が「打つ手なし」と言っているのは、既に美由紀から聞いている。

「それが……。お前の支店の評判が悪いからじゃないかって、全く取り合ってくれないんですよ。他の支店でも同じことが起こっているはずです。それなのに、本部は事態の深刻さに気づいていない」

古谷は怒りを込めて吐き捨てた。

「なんでも、十ヵ店が興和菱光のターゲットになっているみたいですよ」

「本当ですか！　なぜそんなこと、主水さんが知っているのですか」

「まあ、私も事態の深刻さに頭を悩ませていますからね」主水ははぐらかした。

「本部は呑気（のんき）なんでしょう。高田通り支店がなくなっても、なんとも思わないんじゃないですか」

「その通りだよ。本部の奴らは血も涙もない。私にはね、良いアイデアがあるんだ」

　にわかに古谷が目を輝かせた。

「どんなアイデアですか？」

　怪訝（けげん）に思いつつ、主水は訊いた。いったい古谷がどんなアイデアを持っているというのだろうか。

「私ね、駅でね、チラシ配ろうと思うんですよ。興和菱光銀行に行けば、一〇％の預金金利をつけてくれますよってね」

　目が爛々（らんらん）として、赤い血管が浮き出ている。昨夜一晩、その策を練るのに没頭していたのだろうか。

「あのぅ、支店長……」

　主水は恐る恐る呼びかける。

「なんですか？　良いアイデアで感心しましたか」

先ほどまでの憔悴(しょうすい)はどこへやら、見事なまでのどや顔だ。

「それは、嘘の情報でしょう？」

「当たり前だよ。一〇％の金利なんてつける馬鹿はいないよ」

預金など要らない——というスタンスの古谷らしい発想ではある。

「嘘の情報を流して他行の営業を邪魔したら、業務妨害(ぼうがい)で逮捕されますよ」

主水の忠告に、古谷は口角(こうかく)泡を飛ばさんばかりに興奮し始めた。

「だって、興和菱光も業務妨害しているじゃないか。許せないよ」

古谷の怒りはますますヒートアップしていく。

「支店長、まずは冷静になりましょう」

そのタイミングを見計らって、主水は昨夜検討した作戦を打ち明けた。

「難波さんと香織さんを通常の業務から外して、この事件の専従にさせていただけませんか」

難波と香織がカメラを片手に、高田通り支店の定期預金の顧客の自宅を張り込む。それが主水たちの考えた作戦だった。

まだ解約申請に来ていない顧客の自宅に興和菱光の行員らしき人物が立ち寄る

ことがないか、見張るのだ。もし犯人が姿を現わし、チラシを投函したならば、撮影した映像が動かぬ証拠となるだろう。

「なるほど。とにかく証拠を見つけて、とっちめてやろうというわけだね」

渡りに船とばかりに、古谷は難波と香織を、この問題解決の専従に任命したのだった。

「主水さん、ひとまず頼みましたよ」

非常事態においては、全く役に立たない男である。

定期預金の解約騒ぎは、まだ完全には収束していなかった。

その日も朝からぽつぽつと、定期預金を解約したいという客が来店する。

主水とバンクンは、訪れた客たちに興和菱光から届いたチラシを見せてもらい、そのチラシをどのようにして受け取ったか確認して回った。

「ポストに入っていたわよ」

「誰が投函したのデスカ？」

バンクンが訊く。

「そりゃ興和菱光の行員さんでしょうね」

「投函したところは見ましたか？」

主水がその質問をすると、誰もが首を横に振った。目撃者はひとりもいないのだ。

この事態をどう乗り切るか。主水はロビーの隅に立ち、忙しそうに働く行員たちの姿を眺めた。そこへ、バンクンが近づいてきた。

「主水サン、なにかが起こっていますネ」

バンクンの話す人工音声は、不安そうに聞こえる。ＡＩロボットながら、事態の深刻さを感じているのだろう。主水には、バンクンがだんだんと本物の人間に見えてきた。

「なんとかしないと、大変なことになるかもしれないね」

そう言ってバンクンの頭を撫でた時、主水の脳裏に、ある女性の顔が浮かんだ。

主水は勤務中であることにも構わず、プライベート用の携帯電話を取り出すと、彼女に電話を入れた。相手は昔、主水と親しかった女性である。正直あまり頼りたくはないのだが、今回の事態の収拾には彼女の力が必要になる――と考えたのである。

「もしもし……」

「主水じゃないの。珍しいわね」

呼び出し音が途切れて電話のつながる気配があって、主水が呼びかけると、彼女の華やいだ声が返ってきた。いきなり呼び捨てにするところなどは、主水との親しさを感じさせる。

「忙しいところ悪いが、相談に乗ってくれないか」

「主水の頼み事なら断われないなぁ。でも今日はいろいろあってね、十時までかかる予定なの」

「働き方改革ができてないな」

「そんなの私たちには関係ない」

「その後でいい。いつものバーで会ってくれるか」

「どうしようかな……」女性はしばらく沈黙したが、甘えるような声で「分かったわ」と答えた。「十時半ね。でも、少しの時間しか取れないわよ」

「ありがとう」

主水は電話を切った。

6

営業終了後、二階の営業室から、営業第一課長笹野仁（ささのひとし）の怒鳴り声が聞こえてきた。

主水は、まだ帰ってこない難波と香織を待っていたのだが、怒鳴り声が気になって二階へと上がった。

「そんなの煽り返してやれ！」

笹野が営業課員に罵声（ばせい）を浴びせている。

「すみません。でも怖くて」

首をすくめて笹野に謝っているのは、最近転勤してきた勝俣清（かつまたきよし）という男性行員だった。検査部から来たのだが、四十歳を過ぎているのにまだ管理職になっていない。いかにも気が弱そうなタイプだった。

「相手の顔を見たんだろうな」

「それが……」

「車のナンバーは見たのか」

「それが……」

「それが、それがって、勝俣お前、ただびくびくして逃げてきたのか。それじゃ相手に文句も言えないだろう」

「は、はい。すみません」

勝俣は哀れにも身を縮こめている。

「お取り込みのところ、すみません」

主水が割って入った。

「なぁに主水さん、今、忙しいんだ」

いかにも邪魔だと言わんばかりに、笹野が唇の端を歪めた。

「いえ、おせっかいだとは思ったのですが、課長の怒鳴り声があまりにも大きいもので……」

「悪かったね。地声だ。こいつが馬鹿なんだよ」

笹野は、勝俣を指さした。

主水は勝俣に同情の視線を向け「車で煽られたのだとか」と訊いた。ところが答えたのは笹野だった。

「そうなんだよ。ここ数日、同じ車に煽られているんだと。今日なんか営業車のドアにぶつけられたんだぜ。おまけに、もう営業に出たくないなんて、情けないことを言う。せっかく営業に転勤してきたんだ。張り切って働けば、管理職も夢じゃないっていうのにさ」

笹野はわずかに悲しそうな目をした。笹野なりに、勝俣をなんとかして出世させたいと思っているのだろう。

「営業に出たくないというのは深刻ですね」

主水は勝俣に向けて言った。

「怖いんです……」

勝俣は泣きそうな目で主水を見つめた。

「立ち入ったことを訊きますが、煽ってくるのがいつも同じ車だというのは本当ですか？」

「はい」

勝俣が頷く。

「それなのに、どんな車だったか説明できないんだよ、こいつ」

笹野が呆(あき)れた調子で肩をすくめる。

「絵は描けますか？」

「……はい」

少し躊躇(ためら)ったあと、勝俣は机に置かれていたコピー用紙に絵を描いた。見る限り、普通のセダンだ。これといった特徴はない。

「色は？」

「おそらく、シルバーだったと思います」

「トヨタですか？」

「よく覚えていませんが……たぶん、そうだと思います」

「ナンバーは」

「覚えてないんです」

勝俣は眉根を寄せた。

「なんで何回も何回も煽られて、ナンバーひとつ覚えていないんだよ。うちの営業車には、ドライブレコーダーなんて結構なもんはついていないんだぞ」

笹野がまた興奮し始めた。

「課長、ちょっと抑えてください」主水は制止しつつ、勝俣に向き合った。「他になにか、心当たりはないんですか」

主水の問いに、勝俣の目が泳いだ。それを見逃す主水ではない。

「本当に、ないんですか？」

主水は再度、訊いた。

「……ありません」

勝俣は目を伏せた。

「そうですか。分かりました」勝俣に向けて微笑んでから、主水は笹野を振り返って言った。「私の方から警察に話しておきます。車の損傷具合も見ないといけませんね。これは庶務行員の仕事です」

「悪いね、主水さん」笹野はバツが悪そうに頭を掻いた。「車のドアは多少へこんだ程度だから、本部には報告しないでおくから」

「報告するかどうかは課長にお任せしますが、おそらく修理に出すことになるでしょうから、ご報告なさった方がいいと思いますよ」

主水は真っ直ぐに笹野を見据えた。

「ちっ、面倒だな。事務管理部門の点数が下がっちまうよ」

笹野が渋い表情をした。

主水は、改めて勝俣の表情を窺った。その目は暗く、沈んでいる。何か、心に暗い秘密でも抱えているような気がした。この煽り事件には裏がある。調べてみる必要がありそうだと主水は思った。

「預金解約の煽り、車の煽り……」

主水は呟きながら、階段を下りた。

一階に戻ると、難波と香織が帰ってきていた。成果があったかどうかは、訊くまでもない。二人の表情は沈んでいた。

「全然ダメでした。明日も張り込みます」

難波の顔に疲労が見えた。

「美由紀から、何か言ってきましたか?」

香織が不安げに訊ねた。

「まだ、なにも」主水は唇を引き結び、首を横に振った。美由紀は今日、本部で情報漏洩の可能性を探る手筈だったのである。「今日の定期預金の解約は、五億円に達してしまいました。残念です……」

主水の報告に、難波が肩を落とした。

7

主水は、興和菱光銀行高田支店の行員通用口を遠目から見つめていた。その手には、ハンチング帽の下から覗く男の顔写真が握られている。バンクンには、自分の身に危険が迫ったときに、自動的に周囲の状況を録音録画する機能が備わっていた。そのことを思い出した主水が調べてみたところ、バンクンのメモリーには、殴った瞬間の男の顔の画像がばっちり残っていたのである。

あの日、男は、興和菱光銀行高田支店の行員だと指摘され、いつの間にか姿を消した。定期預金を解約するためでなく、店内の客を煽り、騒ぎを大きくするために列に紛れ込んでいたものと思われる。

本当に男が興和菱光銀行の行員なのかどうか、主水は確かめようと考えた。

確かめてどうするか？　主水にはその先のプランがあるわけではなかった。いっそ叩きのめしたいのはやまやまだが、そんなことをすれば大事件になってしまう。

「まあ、確かめてから考えようか」

主水が呟いたその時である。写真にそっくりな男が通用口から出てきた。ハンチング帽はかぶっていない。

俯き気味に歩いているが、背格好からして、間違いなく列に並んでいた男だ。確信した主水は、男の後を追った。

男は帰宅するために最寄りの駅に向かうのかと思いきや、人通りの少ない住宅街に足を向けた。街灯はあるものの薄暗い道を、急ぎ足で歩いていく。

主水は一定の距離を保ち、男を見失わないように尾行した。かつて探偵として調査会社に勤務したこともあるから、この手の捜査はお手のものなのだ。幸い男は背後を気にする素振りすら見せず、全く警戒心を抱いていないようだった。

男は、住宅街の一隅に佇むレストラン『梓』に入っていった。洋食がおいしいと評判の、穴場の店だ。

「夕飯を食べるのかな?」

主水は街灯の脇の死角に隠れ、レストランのドアに目を向けた。張り込みには時間がかかるものだと覚悟を決めていた。

しばらくすると、似たようなスーツ姿の男が現れ、次々とレストランに入っていった。一人、二人、三人……。背広の社章のバッジこそ遠目には見えなかったが、一様に整髪料で髪を撫でつけたその佇まいから、いずれも興和菱光銀行の匂いがする。さらに四人、五人……。

主水が尾行してきた男を含めると、計六人がレストランに入っていったことになる。先に店内で待っている人物がいたかどうかは窺い知れなかった。

「集まりがあるのか」

いっそのこと、客として店に潜入してしまおうかと主水は考えた。昨日、高田通り支店に乗り込んできた「煽り男」とは顔を合わせているので、あるいは気づかれてしまうかもしれないが、まさか尾行されてきたとは思わないだろう。

しかし、主水が店のドア近くまで足を進めると「本日貸し切り」の札がかかっていた。

「仕方がない。外で待つとするか」

主水は腕組みをし、街灯の傍に戻った。

彼女との約束は十時半である。それまでに男たちが出てきてくれるといいのだが……。主水は腕時計の針とレストランのドアを交互に注視しつつ、今回の事態について考えを巡らせていた。

興和菱光銀行が、第七明和銀行の特定の預金者の情報を入手し、それを利用して高金利で預け替えさせようとしていることは、おそらく事実だろう。

これによって第七明和銀行を取り付け騒ぎのような状況に追い込み、顧客を混乱させ、経営不安を引き起こそうとしているのは間違いない。しかし常識外れの高金利を付与することは、興和菱光銀行にとっても大きなマイナスになる。もし高金利の預金が予想以上に集まりすぎたら、むしろ興和菱光銀行の問題の方が大きくなってしまうではないか。

敵に向けた刃（やいば）が自分を貫くことになる。

もう一つの問題は、転勤してきたばかりの営業課員の勝俣が、仕事中、何度も煽り運転に遭（あ）い、危険に晒（さら）されていることだった。普通の人間ならば多少なりとも怒るはずなのに、勝俣は怒るどころか、ただただ怯（おび）えているように見えた。いったいなぜだろうか。勝俣には、なにか弱みがあるのだろうか。

その時、レストランのドアが開いた。出てきたのは一人――ハンチング帽をかぶって高田通り支店にいた男だけだ。

男はなんらかの事情があって、早く引き上げることになったのだろう。

「チャンスだ」

主水は、男が店から十分に離れたところを見計らって、背後から声をかけた。

「すみません。ちょっとよろしいですか」

男が立ち止まり、振り返る。男は主水より小柄なので、見上げる形になった。その表情は強張り、恐怖が浮かんでいる。人通りのない暗がりで声をかけられたのだから無理もない。

「なんでしょうか」

男は目を凝らして主水を見つめた。

「お訊ねしたいことがあるのですが……」主水は努めて穏やかに言った。男は警戒しているのか、目を瞬いている。「昨日、第七明和銀行高田通り支店におられましたね」

その途端、男の表情が急変し、持っていた鞄を咄嗟に胸に抱き寄せた。唇を震わせ、今にも何かを叫び出しそうである。

「どんな目的でご来店されたのですか？ 随分、騒がれていましたが」

主水の問いかけを聞くや否や、男は「ワーッ」と叫び、脱兎のごとく駆け出した。

「待って、待ってください」

男は、主水の呼びかけに答えることなく逃げる。主水は追いかけるのを諦めた。少なくとも興和菱光銀行の行員であることは分かったのだから、今後は逃げも隠れもしないだろう。

「彼女に会いにいくか」

主水は腕時計を見た。馴染みのバー『マンハッタン』は銀座八丁目にある。まだ待ち合わせには早い。ビールでも飲んで待つことにしよう。

「今回の定期預金解約騒ぎは、彼女に頼めばすぐに落ち着くだろう。ただし情報漏洩だけは別の問題だ。調べねばならない」

主水は空を見上げた。霜月の月が雲間から顔を出し、冴え冴えと輝いて、主水の周囲を白々と照らす。

「早く闇が晴れればいいのだが」

主水は歩き始めた。

第二章　年金不足

1

近藤公子はいつものように、和室の隅に置かれた小さな仏壇に茶を供え、手を合わせた。

「お父さんが逝ってしまって何年ですかねぇ。二十三年ですかね」公子は首を傾げた。「あれ、二十四年だったかねぇ。まあ、どっちでもいいわ」

よいしょと自分に掛け声をかけて立ち上がる。

「私、何をしようとしていたんだっけ？」

キッチンの方から、シューシューと湯が沸く音がした。

「お湯を沸かしていたんだわ。コーヒーを飲まなくちゃ」

一人暮らしの公子の楽しみは、コーヒーを飲みながらテレビを観ることなのだ。

「おばあちゃん、コーヒーができましたよ」

そのとき、キッチンから中年の女性が盆にコーヒーカップを載せて現われた。

女性は、にこやかに笑っている。

誰だったっけ？　公子は首を傾げた。

「美味(おい)しいコーヒーですよ。ケーキもありますからね」

女性はダイニングのテーブルにコーヒーカップを置いた。その傍(かたわ)らにはイチゴのショートケーキも添えられている。

「私、栗饅頭(くりまんじゅう)の方が好きなんだけどね」

「あら、そうでしたっけ。でもこのケーキも美味しいですよ。コーヒーにはケーキでしょう」

女性は親しげに話す。

公子は最近、認知症の症状が出ていると医者に言われていた。

どうしても女性の名前が思い出せない。さらに厄介(やっかい)なのは、なぜ彼女がここにいてコーヒーを淹(い)れてくれているのか、全く判然としないことだった。

記憶にないが、自分が彼女を家に迎え入れたのだったか。彼女が勝手に上がり込んでくるということはないだろうから、そうなのだろうとは思うけれど……。

――ああ嫌だ。本当にぼけちまったのかしら。

「どうされたのですか。渋い顔をされて。ケーキがお気に召さなかったですか」

椅子に腰を下ろし、おずおずとケーキを口に入れる公子を見ながら、対面に座った女性はにこやかに微笑んだ。

「ケーキは美味しいですよ。ありがとうございます」公子はまじまじと彼女を見つめる。「こんなことを言って申し訳ないんだけど、あなたのお名前はなんでしたっけ」

公子の質問に、女性は驚きの表情を見せたものの、すぐに快活そうに笑った。

「おばあちゃん、私、第七明和銀行高田通り支店の大久保杏子ですよ。嫌だぁ。忘れちゃったのですか。杏の子って書くんですよ」

「大久保杏子さん……。そうですか。第七明和銀行さんには大変お世話になっていますからね」

第七明和銀行高田通り支店のことはよく覚えている。しかし、目の前にいる女性がそこの行員だとは、まだ思い出せない。

「それで、今日は何の用でしたっけね」

公子は訊いた。まさかケーキとコーヒーのために来たわけではないだろう。

杏子と名乗る女性は、公子の目の前に書類を置いた。

「これですよ。これ」

「これはなんでしょうか」

「忘れちゃったんですか？　今、年金が不足していて、貯蓄が二〇〇〇万円ないと、老後を暮らしていけない時代になったのですよ。政府もそんな不都合な事実を認めているんです。私たちの年金をさんざん無駄遣いしておきながら、許せませんね」

杏子は立て板に水のごとく喋(しゃべ)る。

「そうね。政府は無駄遣いしすぎね。年金が不足しているのは許せないわね」

公子は年間八〇万円弱の年金と、息子の太一(たいち)からの仕送りで暮らしていた。節約しているし、一人暮らしなのでそれほど苦しくはない。

「定期預金にしていても利息はスズメの涙、いえいえ、ありんこの涙ほどしかないでしょう。これも許せない」

「そうね。本当に利息がつかないから楽しみがないわね。昔は、利息で孫におもちゃを買ってやれたのだけれどもね」

太一の子供もすっかり大きくなって、おもちゃを欲しがるような歳ではない。

曾孫（ひまご）なら、まだおもちゃを欲しがるだろうか。こんど公子の誕生日に、太一や孫、曾孫も集まって食事会をしようと言ってくれているのが楽しみだ。日付はいつだったっけ？　思い出さないと……。

「それで、おばあちゃんが利息の良い商品を契約したいと仰（おっしゃ）ったので、私がこれを用意したんですよ。大変だったんですから、これを用意するのは。早く契約しないと、販売終了になってしまいますよ。ニュージーランドドル建ての十年満期の保険です。金利がいいんですよね。三・五％にもなるんです。おばあちゃんがどうしても契約したいって仰るから、無理して持ってきたんですよ」

杏子はテーブルに書類を広げて、ここにサインを書き、印鑑を捺（お）すようにと言う。

公子は混乱した。本当に自分が利息の良い商品を持ってこいなどと言ったのかどうか、覚えていないのだ。ニュージーランドがどこにあるかすら知らない。当然、行ったこともない。

公子は書類を見つめて困惑（こんわく）していた。

「どうしたのですか。おばあちゃんが、どうしてもっていうから無理したんですよ。これでたくさんの利息をもらって、お孫ちゃんにおもちゃを買ってあげてくださいよ。さあ、ここにサインと印鑑」

杏子がぐいぐいと迫ってくる。公子は少し恐ろしくなった。契約の直前になって拒否したら、杏子も困るだろう。公子自身が杏子に頼んだのであれば、なおさらだ。孫はおもちゃを欲しがる年齢ではないが、曾孫なら……。

「分かったわ」

公子はキッチンの食器棚の奥から、隠してあった印鑑を取り出した。

背後に、杏子の視線を強く感じた。

「私が捺しますからね」

杏子は、まるで奪うようにして公子の手から印鑑を摑み取ると、素早く書類に印を捺していく。

「さあ、ここにサインしてください」

捺印を終え、ティッシュで印鑑の朱肉を拭き取りながら、杏子が命じた。金額欄を見ると、五〇〇万円相当と書いてある。この金額も、公子が指定したのだったか。

――五〇〇万円なんて貯金、あっただろうか。

ふと心配になったが、コツコツと節約したお金が第七明和銀行の普通預金に貯まっていたのを、その時、公子は思い出した。

2

多加賀主水がロビーで客の案内を終えたところを見計らってか、タイミングよく事務課長の難波俊樹が近づいてきた。なにやら安堵した表情である。

「主水さん、お客様も落ち着かれたようですね。ホッとしました」

「そうですね。あの騒ぎは何だったのでしょうか」

第七明和銀行高田通り支店を狙い撃ちした興和菱光銀行高田支店による高金利預金キャンペーンが、予告なく打ち切られた。一時は取り付け騒ぎにまで発展しかねないほど緊迫したロビーもすっかり平穏を取り戻しているが、結果的に、二五億円もの預金が、第七明和から興和菱光に移ってしまった。

キャンペーンの実施中、古谷支店長は預金がなくなることに怯え、正常な判断力を失って動揺していたが、ようやく落ち着いたので「さあ！　復活の狼煙を上げろ！」と意味もなく気勢を上げている。

突然に騒ぎが収まった要因の一つには、じつは主水が〝彼女〟に相談したことが大きかった。

「もう少し、この問題を深掘りしてみる」

〝彼女〟は言ったが、いずれにしても興和菱光銀行に対して、何らかの手を打ってくれたのだろう。

「問題は」難波が険しい目つきで主水を見つめ、声を潜めた。「顧客情報の漏洩範囲がどの程度で、誰が漏らしたのか、いまだに分からないことです」

難波が懸念するのも無理はない。第七明和から流出した顧客情報が、興和菱光に利用された疑いがあるのだ。高田通り支店に限らず、ライバル支店による不意打ちを受けた他の支店でも、状況は同じだと思われる。厳重に管理されているはずの顧客情報が、なぜ漏洩したのか。一度に大金を荒稼ぎしようとするハッカーの仕業(しわざ)であれば、何十万、何百万という数の顧客情報が漏洩することがある。しかし、今回の事件はそこまで大規模でもない。利用された疑いがあるのは、特定の支店の情報――とりわけ定期預金の顧客情報に限られていた。しかも、かなり詳細な情報だ。クリーニング店の女主人・坂本乙女の場合のように、定期預金の明細のみならず、住所、年齢などの付帯情報も同時に漏洩したと考えられる。内部事情に精通している者でなければ、これらの仔細(しさい)な情報は得られないだろう。

「誰かが情報を漏らしたのでしょうね」

主水も声を潜めた。

「高田通り支店をはじめ、いくつかの支店の情報だけが漏洩している可能性があるということは……」

宴会部長の異名を取り、いつもはおちゃらけた雰囲気の難波が、深刻な表情をしている。本気で考え込んでいるようだ。

「まさか、難波課長が情報を売却したんじゃないですか」

主水は、敢(あ)えてからかい気味に言った。

「な、何を言うんですか。濡(ぬ)れ衣(ぎぬ)ですぞ」

難波が慌てる。

「難波課長の体温が上昇中デス。嘘をついている典型デス」

ＡＩロボットのバンクンが口を挟(はさ)んだ。

「ほら、バンクンが怪しんでいますよ」

「もう、いい加減にしてください」

「誰かがカネと引き換えに、情報を売った……」

主水は一転して神妙な顔で呟いた。

「その可能性がありますね」

難波も眉をひそめて同意した。

「それは誰か……」

主水の脳裏に、ふいに営業第一課の勝俣清の顔が浮かんだ。ところがその時、なにやら大声で叫びながら見知らぬ男性が店内に飛び込んできたので、主水の思考は中断を余儀なくされた。

「おい！　いったいどういうことだ」

男性は怒りに任せて喚き散らしている。

「いかがされましたか」

難波が男性に近づき、取り成そうとした。

「どけよ！」

男性の右手が、難波の体を思いきり払った。

「あっ」難波が悲鳴とともにロビーに倒れた。「いててぇ」尻を打ち、顔をしかめている。

主水は難波に駆け寄って「大丈夫ですか」と助け起こした。

「ええ、大丈夫ですが……」

尻をさすりながら難波が立ち上がる。男性は興奮した様子で、小鼻を膨らませながら難波を睨みつけていた。

「お客様、いったいどうなさいましたか」

難波の前に立ち、主水が訊いた。努めて物腰柔らかにしながらも、毅然とした決意を眼差しに込める。傍らには、バンクンが心配そうに歩み寄ってきていた。

「大久保杏子という行員がいるだろう？　ここに連れてこい」

男性は眉を吊り上げた。

「大久保は今、外回りに出ていますが、いったい何事でしょうか」

「連れてこないなら、ここでバラしてもいいのか」男性は、待ち合いスペースのソファに座っている数人の客の顔をぐるりと見渡すと、主水たちに向かって顎で指し示した。「他の客がいる前で」

「お客様、どうぞこちらに」

他の客の前で騒ぎを起こされては堪らないとばかりに難波が、必死で男性を応接室に案内しようとする。昼行灯で宴会部長の難波は、事なかれ主義なのだが、危機を察知したときの対応は別人のように早い。

「いいや。ここで他の客にも話を聞いてもらおう」男性は、ロビーにいる客全員に向けて声を張り上げた。「皆さん、聞いてください」

いったい何事かと、客たちの視線が一斉に男性に集まる。

「私の母親は八十九歳で、少し認知症の症状が出始めています。その母の病気につけ込んで、こちらの支店に勤務する大久保杏子という行員が、無理やり十年満期のニュージーランドドル建ての保険に加入させました。なんと五〇〇万円もの保険です。十年後、母は九十九歳。勿論それまで生きていてくれれば嬉しいですが、残念ながら、その可能性は低いでしょう。認知症はどんどん進行すると思われます。現に母は、どうしてその保険に加入したのかさえ覚えていないんですよ。ひどいと思いませんか。ニュージーランドなんて、行ったこともないのに！」

怒りに顔を赤く染め、鼻息荒くまくし立てていた男性だったが、次第に切々と訴えるような口調に変化していた。

「それはひどい。顧客が認知症なのをいいことに、勝手に契約させたんだって」

客の一人が怒りを露わに呟いた。高齢の男性客だ。

「おい君、そんな怪しい保険、すぐに解約して、銀行に損害を請求すべきだ」

別の客が男性に助言した。やはり高齢の男性客である。

「お客様、じっくりお話をお聞きします。落ち着いてください。どうぞこちらへ」

主水は半ば強引に、男性を応接室に促した。このままロビーで騒がれては問題だ。

「ちゃんと大久保杏子を連れてくるんだぞ」

しぶしぶ応接室に足を踏み入れた男性客を席に座らせると、主水と難波は並んで男性客に対峙した。

ロビーの案内はバンクンに任せることにした。預金解約騒ぎが終了したと思ったら、また別の騒ぎだ。いったいどうなっているのか……。主水は深刻な気分になった。

3

男性は、近藤太一と名乗った。差し出された名刺を見るに、決して怪しい人物ではない。高田町にある化学メーカーの下請け企業に勤務している。

彼の母親、公子は八十九歳だった。彼女は自宅を訪ねてきた大久保杏子に、ニュージーランドドル建て十年満期の保険五〇〇万円相当額を契約させられたという。資金は、高田通り支店の普通預金から払い出した。公子によると、大久保杏子は自宅によく来てくれていた営業担当の女性行員だという。

「私どもは、為替リスクなどのある金融商品を販売する際、適合性の原則を遵守したセールスを行なっております。ニュージーランドドル建ての保険商品もその対象です」

難波が冷静に説明した。

適合性の原則とは、金融商品を販売する際、客の知識、経験、年齢などを考慮して不適切な販売をしないということだ。

具体的には、為替リスクなどをあらかじめ丁寧に説明することや、ニーズから考えて不適切な金融商品を販売しないことが挙げられるだろう。例えば八十歳の高齢者に十年満期の保険を提案するのは、常識に照らせば不適切である。

「それじゃ、なぜ母に十年満期の、それもニュージーランドドル建ての保険を販売したのですか」

近藤の怒りは収まらない。

最近の銀行は貸出利息収入が減少したため、手数料収入の増強に力を注いでいる。為替リスクのある外貨建て投資信託や保険などの販売にも力を注いでいるのだ。結果として、トラブルが増えているのも事実である。

生命保険協会によると、主に銀行窓口で販売される外貨建て保険の苦情件数が、平成三〇年度には二五四三件（前年対比三四・六％増）にもなり、歯止めが利かないほど増加しているという。苦情の多くは、高齢者がリスクを十分に認識していないにもかかわらず、為替変動のある商品を売りつけた——というものである。

「大久保が無理に販売したとも思えないのですが」

難波が眉間に皺を寄せる。

「あなたは行員を庇うのですか。こんなものを売っておいて」大きな音を立て、近藤がテーブルに保険証券を叩きつけた。「ただでさえ母は認知症なのに、リスクもなにも説明せずにこんなものを販売して、よくぬけぬけと適合性の原則などと言えたものだ。私は金融庁に訴えるからな」

その時、応接室のドアが開き、杏子が入ってきた。やや怯えた顔をしている。

彼女は営業担当の行員としては、客からの評判はいい。

「大久保さん、ここにお座りなさい」

難波が自分の隣を指し示し、優しく言う。

近藤が鋭い視線で杏子を睨んだ。

「大久保さんは、近藤公子様の担当ですね」

難波が訊く。

「はい」

消え入りそうな声で杏子は答えた。

「あなたね、優しそうな顔をして、よくもうちの母を騙（だま）してくれたね」

唐突（とうとつ）に、近藤が激しく罵（ののし）る。

杏子が今にも泣き出しそうな顔を近藤に向け「私、そんなことしてません」と強い口調で言いきった。

「何を白々しいことを言うんだ。こんなリスクの高い保険を売ったんだぞ。どうしてくれる！」

近藤がテーブルに置いた保険証券を指さす。

「ですから私、売っていません。近藤様は私の大事なお客様です。お訪ねすると一緒にお茶を飲み、楽しくお話しします。年金などをやり繰りしてコツコツと普通預金に貯めていくのを、楽しみにされているんです」

杏子の話に、近藤も泣きそうな顔になった。「母がコツコツと貯めた預金五〇

○万円を、あんたはリスクのある商品に投資させたんだ。八十九歳の母に、どうして十年満期のニュージーランドドル建て保険が必要なんだよ」

「私、そんなことしていません」

「まだ、嘘を言うのか」

近藤が立ち上がって、杏子に掴みかからんばかりに身を乗り出した。

竦み上がった杏子は両手で顔を覆い、嗚咽を漏らし始める。肩が上下に揺れていた。

「近藤様は……私の、大事な、お客様です」杏子の言葉は、嗚咽で途切れ途切れとなる。「私の、本当のお祖母ちゃんだと思って、お取引を……お願いしてきました」

「そんなうまいことを言っても信用しないぞ。これは不当な契約ということで裁判に訴えてでも解約し、元に戻してもらう」

近藤は腕を組み、杏子を睨みつけている。

「主水さん……」

難波が困惑した表情で主水に助けを求めた。

いったいどういうわけだ。杏子の話を信用するべきなのか。主水は、テーブルに置かれた保険証券に視線を注いだ。

4

近藤は、後日、弁護士を連れてくるぞと言い残して引き上げた。

出口まで近藤を見送ろうとしたが断わられ、応接室に取り残された難波が、頭を抱えている。

「大久保さん、本当に近藤様にあの保険を販売してはいないんですね」

主水が項垂(うなだ)れている杏子に訊いた。

「はい、絶対にしていません。私、リスクのある商品をご高齢の方に販売する場合は、慎重の上にも慎重を期していますから。ただ……」

杏子が何かに気づいたように顔を上げた。

「気になることでもあるのですか」

主水が訊く。難波が身を乗り出した。

「知らない間に、私のお客様の預金が払い戻されたり、解約されたりしているんです。それも代理人によってです。皆、お年寄りばかり……」

「近藤公子さんも？」

「ええ、近藤さんの解約も代理人でした」

「ということは……」難波の顔に怯えの色が差す。「近藤公子さん以外にも、担当者の知らぬ間にリスク商品を契約させられている人がいるかもしれないってこと？」

「そういうことになります。誓って、私はやっていませんが」

杏子は固く、真剣な表情で涙を拭った。

「訴訟するぞって怒鳴り込んでくる客が、また来るかもしれないんですね……」

今度は難波が泣きそうな顔になった。

「では、大久保さんが担当する高齢のお客様を狙い撃ちして、誰かが預金を払い出したり、解約したりしてリスク商品を契約した——ということになりますね」

主水は呟いた。

「そうだと思います」

平静を取り戻した杏子は、はっきりとした口調で頷いた。

「そうだ、防犯カメラ……。預金の解約のために来店した、近藤様の代理人の映像があるんじゃないですか」

杏子の指摘に、難波の目が輝いた。

「すぐに確認しましょう」

主水が立ち上がった。

「はい」難波も腰を浮かせる。

「ちょっと待ってください。これ」

杏子が傍らの難波を制止した。

「どうしましたか？」

「これを見てください」

杏子が、保険証券のコピーを取り上げた。先ほど近藤が持参した保険証券を、許可を得てコピーしたものだ。

「なにか分かりましたか」

主水が訊いた。主水は金融商品に詳しくないので、実は保険証券を見るのすら初めてなのだ。

「この記載事項を見てください。保険の受託は大興生命ですが、募集は第七明和銀行ではありません」

杏子が、主水と難波を見上げた。

「えっ」腰を浮かせたまま固まった難波が動揺した。「どういうことですか?」

「募集が興和菱光銀行なのです」

杏子の口調には、彼女らしい強さが戻っていた。

「つまり、第七明和銀行ではなく興和菱光銀行がセールスしたってことですね」

主水が保険証券を改めて覗き込んだ。

「これは、いったいどういうことですか」

難波も驚く。

「興和菱光銀行の何者かが、近藤様の普通預金から五〇〇万円を引き出させ、保険を契約させたんです」

「その担当者が、大久保杏子さん?」

主水は顔を上げ、杏子を見つめた。

「大久保杏子は私です。近藤様のご自宅に伺った女性は、同姓同名か、あるいは私の名前を騙ったのではないでしょうか」

「なんということを……」

難波が絶句した。

「早速、誰が近藤公子様の普通預金を払い出しにきたのか、映像で確認しましょう」主水は腕を組んだ。「これは興和菱光銀行による第七明和銀行への嫌がらせ第二弾かもしれません」

「ええっ、取り付け騒ぎみたいな解約ラッシュの次は、リスク商品の勝手な契約ですか。なんてことだ。金融庁に言いつけましょう」

難波が憤慨（ふんがい）する。

「どうやら根深い問題があるようですね」

主水が呟く。

「課長！」

生野香織が応接室に飛び込んできた。

「どうしたの。慌てて」

「またクレーム客です」そう言って香織は杏子に疑いの目を向けた。「大久保さん、あなた何したの？　佐藤絹江（さとうきぬえ）さんの息子さんが、無理やりオーストラリアドル建ての保険を契約させられたって怒っているわよ」

それを聞いた杏子は唇を震わせ、両手で顔を覆うと、再びワーッと泣き出した。

防犯カメラの映像を確認したところ、近藤公子の代理人届を持参して普通預金を払い出したのは、細身の、ややいかつい顔をした女性だった。窓口担当によると、スーツを着ており、一見すると、弁護士などの堅(かた)い職業についているように見えたという。手続き上は問題なかったため、窓口担当は払い出しに応じた。

主水は女性の画像をパソコンに取り込んでカラープリンターで印刷すると、杏子とともに近藤公子の自宅に向かった。

5

「杏子ちゃん、誤解は解けるからね」

公子の自宅前で、主水は杏子を励(はげ)ました。

「はい。もし、私の名前を騙った人がいたとしたら許せません」

杏子は満面に怒りを浮かべていた。

「失礼します。第七明和銀行高田通り支店の庶務行員、多加賀主水と、営業担当の大久保杏子です」

主水はインターフォンに呼び掛けた。

「どうぞ」

玄関ドアが開いた。息子の太一が顔を出す。今回の件で心配になった太一が公子と同居していることは、事前に分かっていた。

「お時間をいただいて申し訳ありません。ご説明したいことがありまして……」

玄関先で主水は頭を下げたが、太一は聞く耳を持たなかった。

「今更、説明を聞くことなんかない。今、弁護士と相談しているところだ」

「お気持ちは分かりますが、ちょっと私たちの話を聞いてくださいませんか」

それでも太一は、決して二人を家に上げようとはしなかった。玄関での立ち話で終わらせようとしている。そのことだけでも、怒りの強さが分かろうというものだ。

「私、近藤様にちゃんと真実を説明したいんです」

主水の背後から、杏子が声を上げた。

「何を説明しようっていうんだ。母を騙して」

近藤が怒る。

「その声は杏子さんだね」

その時、家の中から公子の声がした。

「近藤様、第七明和銀行の大久保杏子です。お話が……」

杏子は声を張り上げた。

すると、ゆっくり廊下を歩いて、公子が現われた。

「どうしたの？　杏子さん、そんな怖い顔をして」

「母さん、大丈夫なの？　体調が思わしくないんだろう」

「大丈夫よ」公子は太一に近づき、彼の肩を支えにして立った。足が弱っているのだろう。「杏子さん、お久しぶりね」

「はい、しばらくご無沙汰しておりまして、申し訳ありません」

杏子が謝る。

「何を言っているんだ。この間うちに来て、保険を新約させたばかりじゃないか」太一は気分を害した様子で杏子を睨みつけた。「母さんも母さんだよ。この女は先日うちに来て、母さんから五〇〇〇万円も騙し取ったんだよ」

「あら、そうだったかしら。最近、すぐに忘れるんだよ。歳だね」

公子が情けない声を出す。

「近藤様。先日ご自宅を訪ねたのは、この女性ではありませんか」

主水は、プリントアウトした防犯カメラの画像を見せた。

「この女は誰だ」

公子が答えるより先に、太一が訊いた。

「私どもの支店に、近藤様の代理人を名乗って来店し、普通預金から五〇〇万円を引き出した女性です。防犯カメラに映っていました」

「あんた、私をからかうんじゃないよ。この女が大久保杏子なんだろう」

太一は、杏子と写真とを交互に見比べる。

「私が大久保杏子です。高田通り支店に大久保杏子は、私しかいません」

杏子が強い口調で断言した。

「この女は、どうも大久保の名を騙った偽者のようです」主水は、保険証券のコピーの『募集銀行名』の欄を指さした。「これは先日取らせていただいた保険証券のコピーですが、よくご覧ください。募集銀行名が、私ども第七明和銀行ではなく、興和菱光銀行となっています」

そこで初めて、太一の表情に動揺が表われた。

「どういうことだ。私は母から、第七明和銀行高田通り支店の大久保杏子が保険の勧誘に来たと聞いたんだぞ」太一は公子を振り向く。「ねえ、母さん、そうだろう」

太一に問いかけられた公子は、首を傾げて杏子を見た。

「よく覚えていないんだけどね。あれは、杏子さんじゃなかったの」

「はい、私じゃありません」

「君たち、私をからかっているんじゃないよね」

太一が再び怪訝な表情を見せた。

「からかってなんかいません。この女性が、理由は分かりませんが、大久保杏子の名前を騙って、強引に保険を契約したものと思われます」

主水は毅然として答えた。

「ではこの女性はいったい誰なんだ？」

太一が食い下がる。

「保険証券から推察しますと、おそらく興和菱光銀行の行員かと思われます」

主水は、太一をじろりと見上げた。

「なんだって！」

太一が驚きの声を上げた。「母さん、本当にこの女に見覚えがないかい？」と、防犯カメラの画像を公子に見せる。

しかし、公子は首を傾げるばかりだった。

「さあね、見たことがあるような気もするんだけどね」

「母さん、しっかりしてよ」

「そうは言ってもね。すぐに忘れちゃうんだよ。どうしてかね。でもこの人、親切にしてくれたような気がするよ」

「近藤様、ご自宅にいろいろな銀行や証券会社の社員が訪ねてくると思いますが、名刺はございますか」

主水が訊くと「ありますよ」と公子はすんなり答えた。

「拝見させていただけますか」

「ちょっと待っててくださいな」

公子はリビングの方に歩いていく。その後ろ姿を、太一が不安そうに見ていた。

しばらくすると、公子は小さな缶を持ってきた。

「ここに名刺は入れているけどね」

「拝見します」

公子に差し出された缶を受け取った主水は、蓋を開けた。横から杏子も覗き込む。缶の中には、数枚の名刺があった。いちばん上に、杏子の名刺がある。かなり傷(いた)んでいるものもあった。

「これかな」

主水が摑んだのは、興和菱光銀行高田支店の渉外係(しょうがい)、坪井(つぼい)エリの名刺だった。

「あら、その写真、坪井さんじゃないの」

公子が反射的に、防犯カメラの画像を指さして叫んだ。

「母さん、確かかい？」

「ああ、坪井さんだよ。親切でいい人だよ。杏子さんみたいにね」

公子が杏子を見て笑みを浮かべる。

杏子は安堵したのか、主水に身体を預けるようにして崩れ落ちた。

6

「興和菱光銀行の行員が、大久保さんの名前を騙って保険契約を取ったってこと？」

香織が驚きの声を上げた。その隣には杏子が、悲しげに目を伏せて座っている。

会議室には香織、難波、本店から駆けつけた椿原美由紀、そして主水がいた。

「近藤公子さんや佐藤絹江さん、まだ他にも同様の案件があるかも」

美由紀の表情は暗い。

「彼女たちの共通点は、少しずつ認知症が進んでいるってことですね」

難波が苦々しい顔をした。

「この坪井エリという興和菱光の行員が大久保さんの名前を騙ったのか、それとも公子さんや絹江さんの方が坪井エリの姿を見て大久保さんと勘違いしたのか、まだはっきりしていません」

主水が難しい表情で言った。

「認知症が進みつつあるお客様を狙ってリスクのある金融商品を販売する……これは問題ですよ」

難波は憤慨を露わにする。

「大久保さん」主水は杏子に顔を向けた。「近藤公子さんや佐藤絹江さんに認知症の症状が進んでいるということは、情報として何かに記録していましたか」

主水の質問に、杏子は何かを思い出したかのようにハッと目を開いた。

「私たちは、どんなデータであっても顧客データとして登録します。認知症に限らず、病気などの情報も……。これらは微妙なプライバシーデータですので、非常に厳重に扱われているはずですが」

「やはり取り付け騒ぎも今回の問題も、支店内の顧客情報が漏洩して、悪用されていると見るべきでしょう」

主水が声を険しくした。堪らずに難波が立ち上がる。

「すぐに興和菱光銀行に抗議しましょう」

「ちょっと待ってください」主水は手を振り、難波を制止した。「お客様が勘違いしただけかもしれないんです。わざと勘違いさせたのでなければ……。それをはっきりさせなければなりません。美由紀さん」

主水は、美由紀に視線を向けた。

「はい」

美由紀が真剣な眼差しを主水に返す。

「情報漏洩の問題は、どうなりましたか」

「まだなんとも……」

美由紀は苦悶の表情を浮かべた。

「引き続き、調査をお願いします」

「分かりました。頑張ります」

頷く美由紀の横で、香織も身を乗り出した。

「では私は難波課長とともに、坪井エリの行動を監視します」

「やりましょう」

香織の提案に、難波が威勢よく拳を振り上げた。

7

その夜、坪井エリは後悔の深い海に沈んでいた。目の前に、高田町稲荷神社(たかだちょういなり)の本殿がある。その前に立ち、手を合わせた。

後悔の理由を言葉には出せない。出した途端に、この場から消えてしまいたい気持ちになってしまうだろう。

なぜあんなことをしてしまったのか。これまで大事に付き合ってきた客を、裏切ってしまった。

すみません。

エリは、声にならない声で言い、境内(けいだい)から逃げるように立ち去った。

8

いったい何が起きているのか――。

古谷支店長は、不安、恐れ、そして怒りに心を乱されていた。

取り付け騒ぎとでもいうべき預金の解約ラッシュ、そして大久保杏子を名乗る女によるリスクの説明もない外貨建て保険契約からのトラブル発生。なぜ高田通り支店でばかり問題が多発するのか。これは異常事態だ。

杏子の件は、客側の誤解である可能性もゼロではないという。しかし気になるのは、二つの事件に、我が第七明和銀行のライバルである興和菱光銀行高田支店が関与している疑いがあると、主水が報告してきたことだった。

多加賀主水は謎(なぞ)も多いが、銀行内の数々のトラブルを解決してきた有能な人物だ。そんな主水が興和菱光銀行の関与を疑うのだから、その可能性はかなり高いだろう。

――私も何かしなければならない。支店長として、事態を看過(かんか)できない。

古谷は支店長としての責任感というよりも、主水を出し抜いてこの事態を解決に導きたいという欲望に突き動かされていた。今回の事態に対しては、独自の推理を進めているところだ。

主水によると、支店内部からの顧客情報の漏洩が疑われるらしい。顧客情報は、一般的にはコンピューターのデータがハッキングされ、数十万、時には数百万単位で漏洩するものである。盗み出したデータの数が多ければ多いほど、ハッカーの稼ぎも桁違いに大きくなるからだ。

しかし、今回は違う。問題の起きた支店は、高田通り支店をはじめとして、成城支店、神奈川県の大倉山支店、横須賀支店など、ランダムに散らばっている。

なぜ取り立てて関連性のない支店が同時多発的に狙い撃ちされたのか。ハッカーが特定の支店を狙ったのだろうか。

古谷の頭の中のスイッチが、ふいに入った。彼自身がこれまで経験してきたポストを振り返ったのだ。

――検査部？

そうだ。検査部なら、特定の支店の情報に触れることができる。

検査部員は、支店の業務が正常に行なわれているかどうかを点検する目的で、支店に検査に入る。その際、支店の機密情報、顧客情報に触れる。それを外部に持ち出したのだとしたら……。

ここまで思考を進めることはできたが、検査部員だけで、いったい何人いるというのか。全員を疑うわけにはいかないだろう。

古谷の推理は、そこまでで止まるはずだった。

ところが、考え込んでいる古谷の視界に、営業一課の勝俣清の姿が入ってきた。

――勝俣か……。

古谷は、勝俣が嫌いだった。支店長たる者、部下を好き嫌いで判断してはいけないのだが、勝俣はどうにも暗いからだ。最近、とみに暗くなった。

営業一課長の笹野によると、外回りに出るたびに後続の車に煽られて恐ろしくなり、びくびくしているのだそうだ。それで暗い性格に拍車がかかってしまったのだ。

――勝俣の野郎、誰かに命を狙われているみたいですよ。

先日、笹野は、冗談めかして笑っていた。

出世の遅れたアラフォー銀行員の命なんかを狙う奴はいない――と、その時は古谷も笑い飛ばしたのだが……。

ふいに、古谷の頭にある考えが浮かんだ。

――あいつ。勝俣は、検査部出身だった。この高田通り支店にも、検査部時代に来たことがあったのではないか。

古谷は、心臓の音が耳の裏で聞こえるほどドキドキするのを感じた。古谷が疑いの目を向けているのも知らぬげに、勝俣はデスクに向かって黙々と仕事をしている。誰かと私語を交わすこともない。

――もし、勝俣が顧客情報を誰かに売却し、そのことで問題が発生し、脅されているのだとしたら。

古谷は検査部に電話をして、勝俣が検査に入った支店の履歴を調べようと思った。

しかし、古谷は咄嗟の思いつきに囚われてしまった。席を立ってトイレにでも行こうとする勝俣に……。

「勝俣君、ちょっと」

我慢できずに古谷が呼び止めると、勝俣はまるで暗い夜道で知らない男に声をかけられたかのような怯えた顔で振り向いた。

9

その日の夕方も、坪井エリは、重い足取りで高田町稲荷神社の石段を上っていた。お稲荷様に謝って許してもらおうと思っていた。手に持った黒い外訪鞄がずしりと重く、このまま地中に引きずり込まれてしまいそうだ。私なんか、地獄に落ちるしかないのだ。恐ろしさで涙が出てくる。この鞄の中に、罪の証が入っている。なぜこんなことをしてしまったのか……。

本殿の前に立ち、賽銭を出そうと財布を取り出した。

「あら？」

財布を開けたが、小銭がない。いつも賽銭として投げ入れるのは十円玉だが、運悪く今日は十円玉は勿論のこと、百円玉も五百円玉もない。思いきって千円札にしようかとも考えた。自分の犯した罪を考えると、一〇〇〇円でも足りないのだが……。

「これを使ってください」

背後から声をかけられ、エリは驚いて振り向いた。そこには、二人の若い女性が立っていた。にこやかな笑顔だ。第七明和銀行高田通り支店の生野香織と大久保杏子だが、エリはその顔も名前も知らない。

「あらら、すみません。まさかお賽銭を借りるわけにもいきませんから。遠慮します。どうもありがとうございます」

「坪井エリさんですね」

唐突に香織に言われ、エリの表情がギョッとしたまま固まった。

「そ、そうですが」エリは後退る。「どうして……私の名前を」

「私、大久保杏子です」

杏子がにこやかな笑顔を見せたかと思うと、一瞬にして厳しい表情になり、ずいっと一歩前に出た。

「あわわ」

エリの表情が崩れた。

「坪井さん、私の名前を騙って、近藤公子さんや佐藤絹江さんから無理やりリスクの高い保険契約を取りましたね」

杏子は淡々とした口調で迫った。

「ああ」

エリが声にならない声を口にする。

その手から財布が落ちた。香織がそれを拾い上げ、エリに渡そうとする。

「坪井さん、あなたは高田町稲荷神社を厚く信仰されているんですね。ここのところ毎日、お参りされているのを知っています。そんな信心深い方なのに、なぜ、わが行の大久保杏子の名前を騙ったりしたのですか。他行の行員の名を騙って、認知症の進み始めた高齢の方に、十分な説明もせずにリスクの高い外貨建て保険を契約させるなんて、明らかに法令違反です。近藤公子さんは、あなたのことを優しい方だとおっしゃっていましたよ」

香織が切々と諭した。

「わ、わたしは……なにも、なにも……」

エリはじりじりと後退し、突如、踵を返すと、そのまま駆け出そうとした。

「坪井さん、逃げたりすると高田町稲荷の怒りに触れますよ」

香織の言葉を背に受けたエリの足が止まった。そして、その場に崩れるようにしゃがみ込む。

何とエリの前に、狐面を着けた白装束の人物が立っていたのだ。

狐面の人物は、エリをじっと見下ろしていた。エリはその場にしゃがみ込んだまま動けない。視線は狐面の男に注がれている。

「あああなたは」

　エリの声は震えていた。

「私は高田町稲荷の使いだ。坪井エリさん、あなたは、信心深く信頼のおける銀行員である。それなのに、なぜ他人の名を騙って取引をしたのだね。正直に言いなさい」

　狐面の人物の声は、まるで地の底から響いてくるかのように、エリの身体の中で共鳴した。

　エリは恐ろしさを感じつつも、どこかで安堵していた。このままこの高田町稲荷の使いと称する人物に全てを打ち明ければ、今の苦しみから救われるのではないか――そういう気になったのだ。

　ふいに、あの二人の女性が気になった。一人は大久保杏子と名乗った。本物の第七明和銀行高田通り支店の行員なのだろう。

　エリは狐面の人物から目を離し、背後を振り返った。そこには依然として、二人の女性が静かな笑みを浮かべて立っていた。二人にも狐面の人物が見えているはずだが、驚く素振りはない。

「ごめんなさい」

エリはしゃがんだまま二人の女性に頭を下げた。

「坪井さん、大丈夫ですか？　突然、しゃがみこまれたので驚きました」

香織が駆け寄ってきて、エリの身体を起こした。

「わ、私の目の前に、高田町稲荷の使いがお出ましに……」

エリがおそるおそる振り返ると、そこには誰もいなかった。高田町稲荷の境内にそびえる銀杏（いちょう）の木が、夕焼けに映（は）える鮮やかな黄色の葉を散らしているだけだ。

「誰もいませんよ」

杏子がきょとんとして首を振った。

エリは香織に身体を預けたまま、銀杏の木の方向を指さして声を震わせた。

「今、今、ここに確かに、狐の姿をした人が……」

「きっと高田町稲荷のお使いも坪井さんのことを心配しておられるのでしょう」

エリの身体を支えながら、香織が優しく言葉をかけた。

エリの目から涙が溢れた。香織の胸に顔を埋（うず）め「ごめんなさい、ごめんなさい」と嗚咽を漏らし続ける。境内には夕闇が迫ろうとしていた。

10

香織と杏子は、高田町稲荷神社近くのカフェでエリと向かい合っていた。すっかり日が暮れて、外は暗くなっている。

「どんなことでもおっしゃってください。私にとって近藤公子さんや佐藤絹江さんは、とても大切にしているお客様なんです」注文したコーヒーが届いてから、杏子はエリを真っ直ぐに見つめ、切々と説き始めた。「お二人ともご高齢になり、健康状態にも問題を抱えておられます。決してこちらからは、リスクのある商品をお勧めしないようにしているんです。この低金利時代ですから、それがいいことかどうかは分かりません。うちの銀行でも、保険や投資信託のノルマを達成するように責められますが、私はお客様の意向を第一に考えています」

エリは俯いたまま、じっと杏子の話を聞いていた。

「私も、大久保さんと同じ考えで営業をしています」

エリがぽつりと言った。

「それならどうして……」

杏子が悲しげな顔をする。

「私たちは、近藤さんや佐藤さんがあなたの顔を見て、たまたま大久保と勘違いされたのかとも思ったのです」香織が口を挟んだ。「恥ずかしながら、認知症の疑いがあり新規のご契約をお勧めできる状態ではないこともあって、大久保は、近藤さんにも佐藤さんにもご無沙汰をしておりましたから。でもお二人とも揃って、つい先日、大久保杏子と名乗る方が来られたと、はっきり仰った。そんな偶然はなかなかありません。やはり見間違いではないと考えたのです」

「そうでしたか……」

エリはポツリと呟き、肩を落とした。

「高額の保険を契約したことで、近藤さんの息子さんに訴訟を起こすぞと怒鳴られましたが、それ以上に、近藤さんが息子さんに叱られたと聞き、私は胸が痛みました」

杏子の話を聞いたエリが、堪えきれずに嗚咽を漏らした。

「これを見てください」

震える手でエリは、自分のスマートフォンを差し出した。

「これはなに？　見せてもらってもいいですか」

杏子がスマホを受け取った。香織とともに、その小さな画面を覗き込む。

「ここに座っていいですか」

その時、香織の頭上から男の声がした。

「主水さん！」驚いた香織が顔を上げた。

「探していたんですよ。こちら、坪井エリさん。興和菱光銀行の方です」

香織は弾（はず）んだ声でエリを紹介すると、主水に自分の横に座るよう促した。主水は隣のテーブルをくっつけると、香織の傍らに椅子を引きずってきて腰を下ろした。

「私は多加賀主水と申します。第七明和銀行の庶務行員です」

「主水さんは、いろいろな問題を解決してくださる頼りがいのある人なんですよ」

杏子も安堵したのか、声を弾ませる。

「そうですか。素晴らしいですね」エリは主水を見つめた。「私たちの銀行にもそんな方がいたらいいのに。ところで、どこかでお会いしたことが……」

「初対面です」主水が笑った。「高田町の居酒屋で見かけたことくらいは、あるかもしれませんがね」

「主水さん、これ」

香織がエリのスマホを主水に見せた。杏子も再び覗き込む。

「これは……」

主水はスマホの画面を凝視してから顔を上げ、深刻な表情でエリを見つめた。

「私、脅されて……」

エリが苦悶の表情を浮かべた。

スマホの画面には、エリを脅迫するメールが並んでいた。指示に従わなければ、どうなるか分からないと……。

「私のスマホに突然、メールが入ってきたのです。不倫をばらすと……。お恥ずかしい話ですが、私、支店で営業課長と関係があるんです。それをバラすと言われて」

「バラされたくなければ言うことに従え。それで、送られてきたデータに従って営業しろと言われたのですね」

「はい。渡されたデータは詳細なもので、まるで第七明和銀行から入手したかのようでした。担当者の名前も書かれていて、公子さんらの認知症が進んでいることも注釈にありました。謎のメールからの指示は、担当の大久保杏子になりすませ……でした。私はドキドキしながら公子さんのご自宅に伺い、大久保杏子ですと名乗りました。すると、怪しむこともなくすんなりと受け入れてくれるじゃないですか……。佐藤絹江さんの場合も同様でした」

「ところで、坪井さんはこの男を知っていますか？」

主水は写真を見せた。バンクンが撮影した、先日の取り付け騒ぎ紛い(まが)の火付け役となった男の写真だ。

「この男性は、君塚(きみづか)です。君塚悟(さとる)。うちの業務課の行員です」

写真を見て即答したエリの言葉に、主水と香織は顔を見合わせた。

「うちの君塚が、どうかしたのですか」

不安げな顔つきのエリを見る限り、心当たりはないようだった。

「数日前、私たちの支店——第七明和銀行高田通り支店で、取り付け騒ぎになるような預金の払い出しが起きたのです。ご存じですね」

「はい。私たちの支店で、高金利キャンペーンを張りましたので」

「その際、私たちの支店内でお客様を煽って騒ぎを大きくしようとしたのが、彼です」

主水は写真を指さした。

「高金利キャンペーンは、まるで私たちの支店のお客様だけを狙い撃ちしたかのようでした。あなた以外にも、わが行の顧客情報をお持ちの方がいたのですか」

杏子が訊いた。

「私たちは、支店長の指示通りにパンフレットを作り、配布しただけです」かなり落ち着きを取り戻したエリは、首を横に振った。「あまりに多くのお客様がご来店され、事務処理が追いつかず、大騒ぎになりました。それはもう大変だったのです。でも突然、上からのお達しで中止になりました。正直ほっとしました。今時こんな高金利で預金を集めて、いったいどう運用するんだと、内部ではみんな批判していましたよ」

「話を総合すると」香織が口を挟んだ。「興和菱光銀行さんがわが行を潰そうとしているか、少なくともトラブルの渦中(かちゅう)に追いこもうとしているような悪意を感じるのですが……」

「よく分かりません。でも私が大久保さんの名前を騙って保険契約をしたことで、結果として、第七明和銀行さんをトラブルに巻き込んでしまったことは事実だと思います。本当に申し訳ありません」

エリは再び涙ぐんだ。

「私たちの口から、坪井さんは意に沿わぬ形で今回の事態を引き起こしてしまったと、近藤様と佐藤様に説明させていただいてもよろしいのですが……」

主水の言葉に縋るように、エリの表情が明るくなった。

「でも」杏子がきっぱりと言った。「とりわけ近藤様の息子さんの怒りは、大きいものがあります。ですから、今後どうなるかは保証できません」

エリは再び表情を曇らせて項垂れた。

杏子の指摘は正しいだろう。保険を募集、契約したのは興和菱光銀行であり、十分な説明をせずにリスクの高い外貨建て保険の契約を獲得したことが事実と認定されれば、訴訟になる可能性が高い。

「坪井さん。今、あなたや私たちの知らないところで、何か悪意に満ちた動きがあるようです。ぜひそれを打ち倒すために協力し合いませんか」

香織が切り出した。

「はい、ぜひ」

エリは決然と顔を上げ、頷いた。

「誰かが裏にいて操作しています。それを明らかにしましょう」

主水も大きく頷いた。

「それにしても誰が、何のために」

杏子が不安そうに呟く。

「あら、難波課長」

香織が、カフェの入り口で人を探している様子の難波を見つけた。

「こちらです」

難波に向かって、香織が手を上げた。

「主水さん、ここにいたんですか」

息を切らして難波が駆け寄ってきた。その表情には焦りが見える。

「どうしたのですか」

「大変なんです。古谷支店長が何者かに襲われて、病院に運ばれました」

「えっ、なんですって」

主水は椅子を蹴って立ち上がった。いったい何が起きているんだ……。主水は容易ならざる事態に気持ちを奮い立たせた。

第三章　反韓騒動

1

高田通りの人気焼肉店『ニュー・ソウル苑』の店長金東柱（キムドンジュ）は、開店準備に忙しく働いていた。

この店は、キムが一生懸命（いっしょうけんめい）働いて、父の経営する新宿（しんじゅく）の店『ソウル苑』から暖簾（のれん）分けの形で独立、開業したものだ。

キムは在日三世で、二十七歳である。祖父母の故郷は韓国だが、キムはまだ行ったことがない。近くていつでも行けると思うとなかなか行かないものだ。それに自分は韓国語を話せなければ、ハングルも読めない。日本で育ち、日本の学校を卒業した。頭の中は日本人そのもので、友人にも日本人が多い。しかし祖父母や父母に、祖国韓国に対する強い帰属意識があるため、キムは今も日本国籍を取得することなく、韓国籍で暮らしている。これからも韓国に誇りをもって生きていく覚悟だ。

「うっ」

キムは、テーブルに妙な落書きを見つけた。油性インクで『韓国に帰れ』と書いてある。

不快な気分になった。昨日まではなかった落書きだ。となると、昨夜の客が書いたものだろう。この席に座っていたのは、いったいどんな客だったか。

「確か、サラリーマン風の三人の男たちだったが……」

キムは一人ごちた。

彼らがこんないたずらをしたのだろうか。美味しい焼肉を提供しようと、キムは日々精進している。客もそれを喜んでくれている。そう信じていた。なのに、どうして……。表向き楽しそうに焼肉を食べ、マッコリを飲み、談笑している彼らの心の中には、黒い反韓の雲が、むくむくと立ち上っているというのか。

「悲しいな」

キムは洗剤を取ってきて、落書きをブラシで擦った。力を込めて擦り、なんとか文字が読めないくらいには落ちたが、まだ少し黒い点のように汚れが残っている。

最近、こうしたいたずらが増えた。店の看板に『竹島(たけしま)は日本のものだ』とペンキで書かれたり、外壁に『韓国人は泥棒だ』と貼り紙をされたりするのである。キムはその都度(つど)、黙って片づけるだけだ。

キムは、自分が韓国人なのか日本人なのか分からなくなることがある。国籍は韓国だ。しかし中身は、正真正銘(しょうしんしょうめい)の日本人だ。正月には神社にお参りするし、スポーツ観戦では韓国の選手と日本の選手を共に応援する。両国の選手が決勝で当たれば、どちらを応援するか迷うことがあるが、日本のことは大好きだし、故郷だと思っている。

もし父母が韓国で暮らそうと言い出しても、一緒についていく気はない。

そういえば父も、新宿の店にいたずらがあると嘆(なげ)いていた。しかし、キム同様にポジティブな父は「気にしてもしようがない」と笑って、毎日の営業に精を出している。

「さあ、きれいになったぞ」

ようやくいたずらの書き残しの黒い点を消し終わったキムは、すっきりした気分で伸びをした。

店の外を掃除してから、仕込みにかかろう。

キムは外に出た。午前十時半。いつもならお昼前の静かな時間帯だが、今日は高田通りの駅方向が何やら騒がしい。

「デモだ……」

キムは箒(ほうき)と塵取り(ちりとり)を手に、デモを眺めた。

「またか……」

嫌なデモだ。キムは、デモを無視して掃除を始めた。自分の店の前だけではなく隣近所まで掃除するのが、キムの日課だった。

「キムさん、いつも悪いね」

お隣の『カフェ・プルミエ』の主人紀平貞三(きひらていぞう)が出てきて、礼を言う。紀平は昨年、足を悪くしてしまった。以来、あまり活発に動けない。それだけに、キムは自分の店以上に気にかけて、毎日『カフェ・プルミエ』の店先を掃除しているのだった。

「これさ、うちで焼いたフィナンシェなんだけどさ。美味いと思うから食べてみてよ」

紀平が、白い小箱に入った焼き菓子をキムに差し出した。

「嬉しいな。いつもすみません。ランチ営業のあとのおやつでいただきます」

キムは小箱を受け取り、頭を下げた。

その時、俄かに周囲が騒がしくなった。デモ隊が、キムの店で止まったのである。二十人ほどだろうか。デモにしては、決して多い人数ではない。

しかし、問題はそのデモの内容だった。彼らは、在日韓国人に対するヘイトスピーチを繰り返しているのだ。参加者には中高年が多いが、若い女性も何人かいる。

飲み物でも収めているのか、リュックを背負い、手製と思しきプラカードを掲げている。

「朝鮮人は祖国に帰れ！」

「朝鮮人は殺せ！」

「日本人は騙されないぞ」

プラカードにカラフルな文字で書かれているのと同様の文句を、彼らは繰り返し叫び始めた。

典型的なヘイトスピーチで、ヘイトスピーチ対策法の理念に反する行為である。

ついにはデモ隊はキムの店を指さし、

「韓国人は出ていけ」

「殺せ！」

「焼肉を売るな！」

などと大声を上げ始めた。

「やめてください。営業妨害です」

キムは叫んだ。最近、頻繁にヘイトスピーチデモが店の前で騒ぐようになった。

これも、韓国の政権が反日政策を強めているからだろうか。

デモ隊の周囲には、ヘイトスピーチに反対する人が二十人ほど集まっていた。中には『ニュー・ソウル苑』の常連客もいる。

「ヘイトスピーチはやめろ！」

「みんな平等だ！」

反対派の一人が、ヘイトスピーチデモの参加者に殴り掛かった。

現場はヘイトスピーチ派と反対派が入り混じって大混乱になった。

「あっ！」

キムが叫んだ。大事に抱えていた焼き菓子の入った小箱の上に、デモ隊が振り下ろしたプラカードが当たったのだ。

小箱が地面に落ちた。

「何をするんだ」

キムは、それを拾おうと体をかがめた。

「うっ」

何かが後頭部を打った。プラカードの柄の部分のようだ。激しい痛みがキムを襲った。後頭部に手を当て、その手を見た。べっとりと赤い血が付き、手が赤く染まっている。

キムは膝をつき、その場にうつ伏せに倒れ込んだ。記憶が薄れていく。このまま死んでしまうのだろうか。

「救急車！　救急車を呼んでくれ！」

誰かが大声で叫んでいる。紀平の声だろうか……。

2

「キムさん、大丈夫？」

多加賀主水が花束を持って、キムの病床に立っていた。

「ああ、主水さん。もう大丈夫です。頭を縫いましたが。お陰でよい休養になりました」

キムはベッドの上で寝たまま、笑顔で答えた。

「本当？　大丈夫ですか」

主水の背後から、生野香織が顔を出す。

「あら、香織さんまで来てくださったのですか。嬉しいな」

「キムさんがデモ隊に殴られて大けがをしたっていうから飛んできたのよ。これ」

香織が差し出したのは白い小箱だ。

「これは？」

「『プルミエ』の紀平さんから」

「フィナンシェですね」

キムの顔がほころんだ。

「ええ、キムさんに差し上げたフィナンシェがデモ隊に踏み荒らされて滅茶苦茶になったからって……。新しいのを焼いたからって」

「そうですか……」

キムは上体を起こすと、小箱を胸に引き寄せ、抱きかかえた。小箱の上に、キムの涙が落ちる。

「キムさん……」

主水と香織が絶句した。

「主水さん、香織さん」キムが小箱を抱いて顔を上げた。その目は赤く染まり、涙が溢れている。「僕は悔しいです。僕が何か悪いことをしましたか？　美味しい焼肉を提供しようと精進しているだけです。それなのに、なぜこんな目に遭わなくてはならないんですか！」

キムの表情には、悲しみと怒りが満ちていた。

「キムさんは何も悪くないわ。悪いのは、ヘイトスピーチデモを繰り返す人たちよ。キムさんは街の人気者だし、みんなキムさんを心配しているわ」

香織は主水と顔を見合わせつつ、キムに言った。

「ありがとうございます。でも最近、店にいたずらされたり、デモ隊が頻繁に営業を妨害したり……。僕……日本が、日本人が嫌いになりそうです」

「キムさん、申し訳ないです」

主水は持参した花束を花瓶に挿し入れた。それだけで、病室は一気に華やぐ。

「きれいな赤い薔薇ですね」キムは薔薇の花に顔を寄せた。「良い香りがします。この薔薇の花言葉は愛でしたね」

「そうなの？　主水さん」

香織が訊く。

「その通りです」

主水は神妙な顔で頷く。

「花言葉のように、世界が愛に満ちるといいですね」

ようやくキムの顔に笑顔が戻った。

主水と香織は、キムの病室を出た。二人とも沈んだ表情だった。

「なぜ国同士の憎み合いが続くんでしょうね」

香織が呟く。

「歴史に対する考え方の違いですかね。日本は、韓国植民地化の歴史に対して十分な反省をしていないと、ジャレド・ダイアモンドさんも批判していますからね。逆に日本は、どれだけ反省してもゴールポストを動かされるので、もううんざりだという気分になっている人が多いですね」

主水の口調は、まるでNHKのニュース解説者のように淡々として穏やかだった。

「誰とじゃれるんですか？」

香織が怪訝な顔をする。

「えっ？」

主水が香織の顔をまじまじと見つめ、突然、笑い出した。

「誰とじゃれるんじゃないですよ。ジャレド・ダイアモンドさん。有名な生物地理学者で、人類の歴史を解き明かしている人です」

「そうなんですか。主水さん、教養あるんですね」

「まあね」主水は一瞬ドヤ顔を見せたが、すぐに真剣な顔つきに戻った。「冗談を言っている場合じゃありません。キムさんを助けることを考えましょう」

「まずは、あのヘイトスピーチデモをやめさせることからですね」

香織も決意に目を輝かせた。

3

キムは退院して、店を再開した。

それを待っていたかのように、再びヘイトスピーチデモが始まった。キムの店は、第七明和銀行高田通り支店の斜向かいにある。

主水は駐輪場の整理をしながら、デモ隊を眺めていた。

「以前より人数が増えているな」

主水は表情を曇らせた。

「主水ちゃん、どないや」

ふいに、警視庁高田署の木村健刑事が現われた。

「どうしたんですか？　急に関西弁になっていますよ」

「ああ、そう？　分かる？　関西弁の方が親しみやすいかって思ってね」

「普通でいいんではないですか。ところで木村さん。参りますね」

主水はデモを指さす。

「ホンマに困るわ。警察にも、苦情の電話がいっぱいかかってくるんですわ。あんな焼肉屋はやめさせろ、うるさくて子供が泣くやないかとかね」

木村が眉根を寄せた。付け焼き刃の関西弁が奇妙だ。

「キムさんの店を狙い撃ちですよ。あんな連中、逮捕できないんですか」

「いわゆるヘイトスピーチ対策法には、罰則規定がないんだよ。変な法律だな、全く」

木村は不満そうな顔をしながらデモを眺めている。

「主水さん、どうにかなりませんかね」

難波俊樹課長が顔を出してきた。やはり難波も眉根を寄せている。

「木村さんも手が出せないんですって」

依然として、デモのシュプレヒコールは騒々しい。韓国に帰れ！　を連呼している。

「そうですか……。騒々しいのと危なっかしいのとで、最近、お客様が支店を敬遠されるようになったんですよ。弱りました」

「うちの支店にとってもマイナスなんですね」

主水の表情が一層険しくなる。元来、集団で弱い者苛（いじ）めをするような連中を許すことができない性格だ。いよいよ主水の体の中から、怒りの炎が燃え盛り始めた。

「木村さん、あいつらが私を殴ったら、逮捕してくれますか？」

主水は真剣な目つきで訊いた。

「そりゃ、まあ、暴力行為だから……」

木村が言い終わらないうちに、主水は路上に飛び出した。

「主水ちゃん！」

木村が主水を捕まえようと手を伸ばすが、するりと潜り抜け、主水はデモ隊の中に飛び込んだ。

「こんなデモ、やめないか」

主水はキムの店の前に立ち、両手を大きく広げて叫んだ。

「邪魔するな。どけ」

「韓国に味方するのか」

デモの参加者が、口々に主水に罵声を浴びせかける。

彼らは、どう見ても普通のサラリーマンや学生だった。高校生くらいにしか見えない女性もいる。なぜこんな普通の人が、耳を塞ぎたくなるような汚い言葉を口にすることができるのだろう。

一人のサラリーマン風の男性が、主水に殴りかかろうとした。

そこに木村が飛び込んできた。

「オラオラ、警察だ」木村は警察手帳を高く掲げた。「もうここで騒がないで、歩け。そうしないとデモを許可しないぞ」

木村が叫んだ。とっくに関西弁をやめている。迫力が元に戻った。

「俺たちは許可を得てデモをしてるんだ。警察は邪魔するな。やっちまえ！」

誰かが叫んだ。

同時にデモ隊の面々が、主水と木村に襲いかかった。

「コラ！　やめるんだ！　公務執行妨害で逮捕するぞ！」

木村が叫んだ。

「この野郎！」

主水が、デモ隊の一人を一本背負いで投げ飛ばした。

「もう、辛抱（しんぼう）ならん。主水ちゃん、やっちゃおうぜ！」

木村がデモ隊に突っ込んだ。

4

「大丈夫でしたか」

　キムが心配そうに、木村と主水を見つめている。

「大丈夫ですよ」

　主水は、額に冷やしたタオルを当てていた。

「ああ、どうしようもない連中だ」

　木村はズボンの裾をまくり上げて、氷で冷やしている。脛の辺りが、少し赤くなっていた。

「私のせいで申し訳ありません」

　キムは謝りながら、網の上で肉を焼く。店内には、焼肉のかぐわしい香りが漂っていた。

「おっ、美味そうに焼けましたね」

　木村がよだれを流さんばかりに破顔する。

「どうぞ、たっぷり召し上がってください」

「いいんですか」

　主水が申し訳なさそうな顔で言う。

「どうぞ、遠慮なさらずに。私がご迷惑をおかけしているんですから」

　キムは悲しそうな表情をしていた。

「迷惑だなんて」主水は答えたものの、腹の虫は正直だった。グーッと鳴る腹の音に赤面した主水は「では遠慮なく」と箸を伸ばす。

「もしよかったら、白いご飯とキムチなんか……」

　厚かましくも木村が頼むと、キムは嬉しそうに「はい、今、運んできます」と応じた。

「一緒にビールはいかがですか」

　キムに提案され、木村が主水の顔を見る。飲む？　と誘っているのだ。主水は頷く。

「では生ビール二つ」

　木村も申し訳なさそうな顔になる。

「はい、承知。今日は臨時休業にしますから、ゆっくり食べてください」

　キムは厨房にいる店員に、生ビールを運んでくるように命じた。

店の玄関が開いて、入ってきたのは高田町の顔役大家万吉だった。

推定年齢は八十歳だが、まだまだ矍鑠としている。家業は不動産賃貸とガソリンスタンド経営。世話好きで、不正なことが大嫌いな義侠心に富んだ人物でもある。

「大家さん、どうしてここに」

主水が驚いて訊いた。

「どうしてもこうしてもないよ。デモのことさ。なんだいあいつら。キムさんを目の敵にしてさ。お陰で商店街の客足が鈍っているんだよ。ただでさえ客足が落ちてんのにさ。これじゃ商売上がったりだ、なんとかしろって苦情がわんさかだ」

大家は怒り心頭に発するような顔をしている。

「申し訳ありません」

大家の話を聞いて、キムが暗い顔になって肩を落とした。

「おっ、なに、美味そうな焼肉だね。俺もいただこうかな」

「どうぞ、ご一緒に召し上がってください」

キムが席を用意した。

「木村さんもいるじゃないの。勤務中だろう？　飲んでていいの」

「はあ、まあ」

木村が頭を掻いた。大家は、高田署の署長にも顔が利く。

「ちょっと頑張りましたから、ご褒美です」

主水が空のジョッキを持ち上げてみせた。顔がほんのりと赤い。

「お二人にデモ隊をやっつけてもらったんですよ。今日は、そのお礼です」

キムがにこやかに言った。

そのとき、香織と難波が店に飛び込んできた。

「主水さん、大変、大変」

「なんだか千客万来だな」

木村が肉をくわえたまま呟いた。

「どうしましたか？」

主水が訊いた。

「あら主水さん、飲んでるの？　まだ勤務中ですよ」

難波が厳しい目つきで睨む。

「あっ、これ？」主水がジョッキを持ち上げた。「ウーロン茶です」

「嘘！」香織がたちまち見破る。「顔が赤い！」

「バレましたか？」

主水がバツの悪そうな顔をした。

「そんなことはどうでもいいです。早く来てください」

香織が主水の手を摑んだ。

「いったい何が起きたんですか？」

「来れば分かります」香織は木村に視線を向けた。「ほら、木村さんも来てください」

「俺もぅ……」

木村は、口いっぱいに肉を頰張っている。

「行っといで。俺が食っとくからさ。ヘイトスピーチデモについては、後でまた相談しよう」大家は肉に箸を伸ばした。「生ビール、頼む」

「はい、承知」

キムが弾んだ声で言った。こうして町の人みんなが心配してくれるのが、キムはよほど嬉しいのだろう。

5

高田通り支店のショーウインドーに、同じ貼り紙が四枚も貼られていた。

「なんだこりゃ」木村が貼り紙に近づく。

――糾弾する！　第七明和銀行高田通り支店は、ヘイト企業である日辰建設の社長日比野辰一へ、巨額の融資を行なっている。日比野はヘイトスピーチデモの首謀者だ。すなわち今般のヘイトスピーチデモは、第七明和銀行に責任の一端がある。

「本当かね、主水ちゃん」

木村が首を捻った。

「よく存じません」

主水は厳しい表情で答えた。

「誰が貼ったか、主水さん、心当たりはありますか？　支店の建物の警備は、主水さんのお仕事ですよ」

難波が責めるような口調で訊いた。

香織が心配そうに主水を見つめている。

「分かりません」

主水は貼り紙を睨んだまま答えた。

デモ隊と揉め事を起こす前には、何もなかったはずだ。騒動の後に貼られたのだろう。キムの店で、戦いの傷を癒して(いや)のんびりしていた時かもしれない。

「だいたい持ち場を離れて焼肉を食べたり、ビールを飲んだりしているからですよ」

難波にしては珍しく、怒りが収まらないようだった。日ごろ何かと頼りにしている主水に対して、その責任を追及するような発言をするのは、ただならぬことであった。

難波はこのところ、銀行を襲う取り付け騒ぎ、リスク商品の販売トラブル、そして古谷支店長襲撃事件などの処理に忙殺(ぼうさつ)され、夜も十分に眠れないとこぼしていた。

イライラが募っているのだ。興和菱光銀行が営業を妨害しているのではないかと推測してみても、はっきりとした証拠がないから、手の打ちようがない。難波に限らず、支店に勤める誰もが、疑心暗鬼で不安定な精神状態に陥っていた。

「いったい、誰がこんなことを……」

主水の傍に、古谷伸太支店長が近づいてきた。頭に巻いた包帯が痛々しい。

古谷は数日前の午後、支店の駐車場に一人でいる時、何者かに襲われた。鉄パイプで頭をしたたかに殴られたのである。現場には監視カメラが設置されていたが、丁度死角になっており、犯人の姿は映っていなかった。犯人はまだ捕まっていない。

大した傷でなかったのは幸いだったが、それでもまだ包帯は取れない。問題は、古谷が襲われた前後の記憶を失っていることだった。

なぜそのとき、自分は駐車場にいたのか？　何をしようとしていたのか？　その記憶が、すっかり飛んでしまっているというのだ。客のところへ行こうとしていたのならば、担当者と一緒だったはずなのだが、そのことも覚えていない。

無理に思い出そうとすると、頭が割れるように痛む。ただ、古谷は、なんとしても思い出さねばならないと感じていた。というのも、なにか非常に重要なことをやろうとしていた決意が、うっすらと記憶の底に残っていたからだ。

「日辰建設さんは、うちの支店の主要取引先の一社ですが……」

香織が言った。

「日比野っていう社長が、ヘイトスピーチをやらせているんですか？」

いつの間にか、その場にキムが来ていた。臨時休業にすると言っていたから、店の片づけは店員に任せてきたのだろう。険しい表情で貼り紙を睨んでいる。

「キムさん……」

主水はキムに視線を向けた。

「誰か分からんが、こんなものを貼って何をしたいんだ」木村が怒ったように言い、スマートフォンで写真を撮った。「銀行を糾弾したいのか、それとも日辰建設を糾弾したいのか、その両方なのか、意図がはっきりしない」

「ヘイトスピーチを憎んでいるようにも思えますし、もっと混乱させようとしているようにも思えます」

主水がスマートフォンを操作しながら呟いた。

「どうしたのですか？　主水さん」

古谷が主水の背後から訊いた。

「これを見てください」

主水が、自分のスマートフォンを古谷に見せた。

画面に映っているのは、誰でも匿名で書き込めるSNSだった。早速、貼り紙を貼られた高田通り支店の写真が投稿されている。

コメント欄は批判の嵐となっていた。

『ヘイト企業を応援するな』

『第七明和銀行がすべての元凶だ』

『高田通り支店を許すな』……。

古谷が驚いて目を見開いた。

「うちの銀行が悪人なのか？」

「今は、そういう時代です。石炭火力発電の電力会社を責めるより、その企業に融資をしている銀行を攻撃する時代なんです」

主水は冷静に言った。

「ということはこの貼り紙をした人間は、ヘイトスピーチデモをやめさせたいと思っているのか」

木村が腕組みをして考え込んだ。

「そうかもしれませんね」

難波が頷く。

「その考え、おかしくないですか」

香織が反論した。

「何がおかしいの？ 生野さん」

難波が訊く。

「だって、ヘイトスピーチを憎む人が、こんな貼り紙をしますか？ そんな人なら堂々と抗議するんじゃないですか」

「だったらどうしてこんなことを」

難波が疑問を呈する。

「これは一連の、第七明和銀行を陥れる策略の一環かもしれませんね」

主水が言った。

「なんですって！ これも例の、取り付け騒ぎなどと同じですって。イテテ……」

古谷が頭を押さえた。

「支店長、大丈夫ですか」

すかさず主水は、ふらつきかけた古谷の体を支えた。

「大丈夫です。主水さん。今、何か、頭の中に重要なことが閃いたのです。私が襲われる直前に考えていたことが、蘇ろうとしていたような。そうしたら急に頭痛が……」

古谷が苦しげに顔を歪めた。

「無理しないでください。誰かが支店長の行動を阻止しようと襲ったのは間違いないですから」

主水は古谷の肩を押さえ、励ますように言った。

古谷が襲われた一件も、第七明和銀行を貶めようとする一連の事件に絡んでいるのは間違いない。古谷が、真相に迫る行動を起こそうとしたために襲われた――そう考えるのが妥当だ。これは、かなり大掛かりな陰謀かもしれない。最終的には〝彼女〟に相談しないと解決を見ないかもしれないな。先日の取り付け騒ぎは、彼女のお陰でなんとか沈静化させることができたのだが……。

深刻な表情で考え込んでいる主水の傍らに、今度は大家万吉が現われた。

「それにしても、困ったことです」

キムの店で焼肉をたらふく食べたからか、大家はやけに満足そうな顔をしている。

「ご迷惑をおかけしてしまい、本当に申し訳ありません」

キムが頭を下げる。

「キムさんが悪いんじゃない。こいつが悪いんだな」

大家は貼り紙を指さした。

「日辰建設は、うちの支店のトップスリーに入る取引先です……。日比野社長は難しい人で、私なんかなかなか相手にしてくれませんが」

古谷は情けない顔になった。

「私、日比野社長に面会を求めてきます。ヘイトスピーチデモをやらないように頼んできます」

キムが矢も楯もたまらないといったふうに動いた。

「キムさん、ちょっと待ってください。そんなことをしたら、取引が滅茶苦茶になりますから」

慌てて古谷が追い縋った。

「もう我慢できません。行ってきます」

古谷の制止を振り切って、キムは小走りに去っていってしまった。

「ああ……。また業績が悪くなる」

古谷ががっくりと肩を落とした。

主水は、走っていくキムの後ろ姿を見つめながら、いったい何が起きているのかと考えていた。

6

「手ぬるいのではないか。何をしておる」

興和菱光銀行の頭取清河七郎は、低く重々しい声で、総務部長の芹沢勇を叱責した。

頭取室の空気は、清河の吐き出す煙草の煙で白く濁っているように見える。

ある女性秘書は、煙草の煙をスモークハラスメントとして訴えようとして、意に沿わぬ部署に配置転換されてしまった。

禁煙とまではいかぬまでも節煙したらどうか——と医者や銀行幹部たちから口酸っぱく言われても、清河はどこ吹く風だ。煙草の煙を嫌がって近寄ってこないから秘密が守れていいなどと嘯いている。

「いろいろと刺客を使い、手段を講じております。順調に効果は上がっております。例の取り付け騒ぎなどで、第七明和銀行のいくつかの支店は、廃止されることが既に決まっております」

「しかし、私が一番憎く思っている高田通り支店は盤石だと聞いておるが……」

「それについてはなんとも……」

痛いところを突かれたというように、芹沢は苦しそうな表情を浮かべた。

「誰か邪魔をする者がいるのか」

「私どもの刺客が報告してきましたところによりますと、多加賀主水とか申す庶務行員が、なかなかの曲者であるとか」

芹沢は探るような目つきで清河を見つめた。

「なんだと！」清河の口から塊のような紫煙が噴き出て、芹沢の体を包んだ。

「たかが庶務行員一人に手を焼いているのか」

「申し訳ございません」

「とにかく容赦するな。私は近く、第七明和銀行の吉川頭取に会うつもりだ。その際、合併を提案する。勿論、表向きは対等だが、内実は吸収だ。それまでに高田通り支店を始末するんだ。その多加賀主水とかいう者もな」

「御意」

芹沢は頭を下げながら、頭取室に充満する煙から一刻でも早く逃れる術(すべ)だけを考えていた。

7

「新田室長、我が行は興和菱光銀行に狙い撃ちされているのではないのか」

第七明和銀行の頭取、吉川栄(さかえ)の表情には、焦りが満ちていた。隠そうとするつもりもない。

「そのようでございますが、確たる証拠がございません」

新田宏治(こうじ)秘書室長は、神妙な表情で答えた。

「我が行を名指しで預け替えを勧(すす)めるなんて、それだけで確たる証拠ではないのかね。そのお陰で大倉山や千歳台(ちとせだい)などの有力店を廃止せざるを得なくなった。廃止する予定などなかったのに……」

吉川の唇が怒りで震えている。

「それら一連の動きは、なぜだかピタリと止まりました。金融庁が極秘裏(ごくひり)に興和菱光銀行に注意したとか……。我が行の痛手は相当なものがありましたが、一連の騒ぎは興和菱光銀行の特定支店の行き過ぎた営業ということで、一応のけりがついてしまいました」

「むむ……」

新田の耳に、吉川が奥歯を強く嚙み締める音まで聞こえてきそうだった。

「奴らは何か企(たくら)んでいるに違いない。興和菱光の清河頭取は、とにかく我が業界の異端児、いや悪人だからなぁ」

吉川はため息にも似た息を吐いた。

「その清河頭取から、面会の要請が来ております。いかがいたしましょう。返事はまだ留保しておりますが……」

新田の報告に、吉川はしばらく沈黙した。椅子に深く腰掛け、背もたれに体を預けたまま、天井を見つめる。そして思い立ったように体を起こした。

「主水さんは、相変わらず元気にしているかな」

吉川は、ある事件で主水に息子を助けてもらったことを思い出したのだ。

「はい。元気にされているようであります」

新田は答えた。

「そうか……。清河頭取に会わざるを得ないのか」

吉川は暗い声で呟いた。

8

翌日以降も、ヘイトスピーチデモは終わらなかった。連日のようにキムの店の前でシュプレヒコールを上げた後、高田通りを練り歩く。もはや商店街にとっては死活問題となっていた。近所の評判は悪化し、危険を察知してなのか、ヘイトスピーチに気分を害してなのか、人通りも極端に少なくなってきた。

その日も、キムの店の周りに人々が集まっていた。ただ、そこにいたのはヘイトスピーチデモの参加者ではない。ピザ屋、ラーメン屋、居酒屋、定食屋、靴屋など、商店街の主要な店主たちだった。

キムが店先に立ち、申し訳なさそうに項垂れている。商店街の店主たちに責められているのだ。

「キムさん、もう店を閉めたらどうかな」

ピザ屋が言う。

「俺たちまで、えらい迷惑なんだ」

ラーメン屋が怒りを露わにした。

「キムさんが悪いわけじゃない。だけどな、これだけ続くとね。キムさんが身を引くと、デモは終わると思うんだよ」

定食屋も顔をしかめる。

「申し訳ありません」

キムは泣きながら頭を下げた。

「みんな、待った、待った」

そこへ、大家と主水が、商店主たちの間を搔き分けて前に出た。

商店主たちの視線が、一斉に大家と主水に向けられた。

「みんなよく聞いてくれ。悪いのはキムさんじゃない」

大家が掠(かす)れ声を張り上げる。

「そんなこと分かっているさ。だけどデモは終わんねぇじゃないか」

靴屋が反論した。他の店主たちも同調する。

「だからといって、キムさんを責めてどうなるんだ。あんな卑劣(ひれつ)なデモに負けていいのか」

大家は負けじと大声を返した。

「あいつら普通のサラリーマンみたいな顔してるけど、暴力団員だって噂だぞ」

居酒屋が知ったような顔で言った。

「日辰建設が暴力団にカネを払っているらしいぞ」

ピザ屋も首肯する。

「主水さん、あんたのところの銀行がヘイトデモにカネを出しているという話じゃねえか。俺たちの前に、のこのこ顔を出せる立場かよ」

ラーメン屋が憎々しげな顔を主水に向けた。

主水はむっとして、眉間の皺を深くした。

先日の貼り紙は急いで剝がしたものの、ネット上での拡散は止められず、今も批判が絶えない。商店主たちもネットで貼り紙の写真を見て、主水を批判しているのだ。

「そんなことはどうでもいい！」大家が一同を睨みつけて一喝した。「この商店街の平穏を取り戻すために、私たちがヘイトデモと戦うんだ。それしかない。キムさんを責めてもなにも解決しないだろう」

大家の迫力に、商店主たちは一瞬にして静まり返ってしまった。

「大家さん……」

キムが涙目で大家を振り仰いだ。

「でも、相手は暴力団だろう？」

ラーメン屋が、まだぶつぶつと口籠もっている。

「暴力団だろうとなんだろうと、戦うんだ。今度デモが来たら、私がみんなを招集する。戦いに参加してくれるな」

大家が力強く啖呵を切った。

靴屋は、バツが悪そうに隣の定食屋に目をやった。

「俺、やるよ」

定食屋がおずおずと手を上げた。

それを見て、靴屋も手を上げた。

「悪いのはデモの連中だな」

ピザ屋もラーメン屋も手を上げた。

「あんたはどうだね」

大家は居酒屋を見つめた。

居酒屋はおどおどして、でも暴力団がね……となおも渋った。

「私が責任をもって、彼らが暴力団員かどうか確かめます」

主水が申し出た。

それを聞いて、居酒屋も意を決したようだった。

「主水さんが請け合ってくれるなら、俺も戦うぞ」

そう言って拳を固める。

「よし、とにかく商店街が一致協力すれば怖いものはない。みんなで頑張ろう」

大家が気勢を上げると、商店主たちもそれに従った。

「ありがとうございます」

キムは痛々しいほど恐縮して頭を下げた。

商店主たちは引き揚げていった。

「申し訳ございません」

キムは大家に頭を下げた。

「謝ることなんかないさ。キムさん、頑張ろうよ」

大家は優しくキムの肩を抱いた。

「そういえばキムさん、先日、日辰建設に抗議しにいかれましたよね。どうでしたか？」

主水が訊いた。

「それが……」キムは憂鬱そうに目を伏せた。「けんもほろろというのはああいうことをいうのでしょうか。日比野さんにお会いすることはできたのですが、私がヘイトスピーチデモをやめて欲しいと言いましたら、突然大声で、出ていけ！と怒鳴られ、追い出されてしまいました」

「そうでしたか」

主水は思案げな顔になった。

「主水ちゃん、どうする？」

大家が主水の顔を覗き込んだ。

「大家さんの方針通り、今度、ヘイトスピーチデモが行なわれたら、商店街全員で阻止しましょう。それが一番の策です」

主水は答えた。

「私も一緒に戦います」

キムは力強く言った。

なぜ貼り紙には、日辰建設の日比野の名前が書いてあったのだろうか。主水は先ほどからずっと、そのことを考え続けていた。

9

古谷支店長は、頭に巻いた包帯を掻きむしっていた。

その顔は苦痛で歪み、今、目の前に電車が通れば、そのまま飛び込みかねないような危うさを孕んでいた。

「支店長、どうかなさいましたか。おそろしげな顔ですが……」

難波が恐る恐る訊いた。

「ああ、難波課長、私はもうおしまいだ」

古谷は頭を抱えた。

難波は心底、古谷に同情した。正体不明の暴漢に襲われて、まだ頭の包帯も取れないのだ。ついに傷が、彼の脳を冒し始めたのかもしれない。

「頭が痛いのですか」

「痛いもなにも、ものすごい痛さだよ」

「救急車を呼びましょうか」

「そんなものは必要ありません。いま痛いのは頭じゃないし、そもそも物理的な痛みでもない。ここです」

古谷は左胸の辺りを押さえた。

「心臓が痛いのですか」

ますます難波は混乱し、心配になった。

「そうじゃありません。心です」

古谷らしからぬ表現だった。

「心?」

「そうです。心を病んでしまいそうなのです。このままでは、お客様がいなくなってしまいます」

「どういうことですか」

「今日、最有力取引先のひとつ、佐原化学様が、メインバンクを興和菱光銀行に替えると言ってこられました」

佐原化学は、ジェネリック医薬品を製造販売する地場超優良企業で、高田通り支店の顔というべき存在だ。

「ええ、どうしてですか」

営業担当ではないが、さすがに難波も驚愕した。

「ヘイトスピーチデモを引き起こしたり、取り付け騒ぎが起きたり、我が行との取引が不安だというのです。それで、安心な興和菱光銀行にメインを変更するというのです。その後、北村食品製造さんからも同じ申し出がありました」

「北村食品製造もですか！」

北村食品製造は、カニカマなどの加工食品を製造販売する優良企業で、やはり高田通り支店の顔というべき取引先だ。

「立て続けに超優良取引先がメインを変更したというのですか。確かにいろいろ起きていますからね」

難波は半ば諦め気味の顔をした。

「難波課長、このままでは我が高田通り支店は廃止の憂き目に遭いますよ。すでに業績悪化で、数ヵ店が廃止になっているのですから。このままでは、私は憂鬱の病に囚われてしまいそうです」

古谷は再び左胸を指さした。

「現状、最も大きな問題はヘイトスピーチデモですよね」

おずおずと難波が訊いた。

「その通りです。あのような反社会的行為を行なう会社に融資している銀行と取引しているこど自体が、企業にとってリスクだというのです」

「あの貼り紙の影響ですね」

ヘイトスピーチデモの首謀者であると名指しされた日辰建設。その主要取引先であることがネットで拡散され、高田通り支店には、抗議の電話がひっきりなしにかかってきた。あの貼り紙はいったい誰の仕業なのか。いまだ特定されないままであるが、古谷の絶望的な表情を見ると、高田通り支店を狙い撃ちした印象操作であるのは明らかだった。そのマイナス効果は計り知れず、破壊力は抜群だ。

青い顔をして、古谷はふらふらとロビーに出ていく。古谷が心配で、難波はその後をついていった。

「支店長、ダイジョウブですか?」

ロビーに出るなり、バンクンが古谷に近づいてきた。

「どうされましたか?」

続いて主水も歩み寄ってくる。

「ああ、主水さん、私はもう駄目だよ」

ついに古谷は、緊張の糸が切れたのか、主水に倒れかかるようにして体を預けた。古谷のややでっぷりした体を受け止めて、さすがの主水もよろけそうになる。たまたまロビーに客がいないからよかったものの、男同士で抱き合っているように見られても仕方がない格好だった。

「支店長、しっかりしてください」

古谷の肩を揺さぶり、主水が励ます。

「ああ、廃店になる……廃店になる……」

それでも古谷はうわごとのように繰り返している。

これ以上深刻化しないうちに、この問題を解決しなければいけない。古谷の汗臭い髪の毛の臭いに顔を背けながら、主水は決意を新たにした。

10

主水めがけて、黒いベンツが走ってくる。主水はじっとして動かない。残り二〇〇メートルを過ぎてもスピードを落とす気配すらなく、ベンツが突っ込んでくる。鳴り響くクラクション。それでも主水は、ベンツを睨んだまま動かない。

ベンツに乗っているのは、日辰建設の日比野社長だった。そのことをあらかじめ調べてあった主水は、日比野に会うために、強硬措置に出たのである。

日比野は、支店の営業担当者は勿論のこと、支店長の古谷にも滅多なことでは面会を許さないことで有名だ。時間が勿体ない、自分にメリットがなければ誰とも会わない――という超合理主義の塊なのである。

ベンツがようやく、主水の五〇メートルほど手前から急ブレーキをかけて止まった。高田町にある日辰建設本社近くの閑静な路地で、幸い後続の車はいなかった。

ベンツの中から、いきり立った黒服の運転手が飛び出してくる。

「てめえ、何をするんだ。あぶねぇじゃねえか」

社長専属の運転手なのだろうが、腕には覚えがありそうな屈強な体つきをしていた。問答無用で、いきなり主水に殴りかかってくる。

主水はひらりと運転手の拳を避け、その腕を握ると簡単に捻り上げた。たちまち運転手は苦痛に顔を歪め「いててっ」と悲鳴を上げる。

「手荒な真似はしたくはないが、どうしても日比野社長に会わねばならないのでね。申し訳ない」

主水は運転手の腕を捻り上げながら、彼を前面に押し出すようにして、ベンツに近づいた。

「日比野社長でございますか」

運転手の体をベンツのボンネットに押しつけると、開け放たれたままの運転席から、主水は中を覗き込んだ。

果たして日比野は、落ち着き払った様子で微動だにせず後部座席に座っていた。大きな顔に太い眉が、誰かに似ている。まるで西郷隆盛（さいごうたかもり）のようだ、と主水は思った。

「誰か分からんが、運転手を解放してやってくれんかね」

「はい、申し訳ありません。手荒なことは本意ではありません」

主水はあっさり運転手を解放した。

「てめぇ」

途端に、運転手が主水に襲いかかろうとした。

「やめなさい。お前がかなう相手ではない」

日比野が鋭い声で一喝した。

「は、はい」

運転手はびくりとし、その場に直立した。

「話を聞こうか。ここまで体を張るくらいだ。よほど重要なことなんだろう」

日比野が主水に話しかけた。

「ありがとうございます。横に座らせていただいてよろしいでしょうか」

「どうぞ。中に入りなさい」

主水は遠慮なく後部座席のドアを開け、日比野の隣に座った。運転手が、警戒しながら主水の行動を見守っている。

見知らぬ人間をさほど警戒せずに自分の隣に座らせるその度胸に、主水は感服した。日比野という人物の大きさを感じた。

「お訊きしたいのは、このことです」

主水は、先日ショーウインドーから剝がした貼り紙を見せた。

日比野の眉間に皺が寄った。貼り紙の内容については既に知っているようだ。

「ご存じですね」

「ああ、非常に不愉快だ。我が社の評判を害している」

そこで日比野が初めて表情を歪めた。

「ここに書かれていることは、事実なのでしょうか?」

主水は遠慮なく訊いた。日比野が主水に顔を向け、鋭い眼光で睨む。

「どうしてそんなことを訊くのだ」

「私は、第七明和銀行高田通り支店の庶務行員、多加賀主水と申します。今、高田町は、反韓国のヘイトスピーチデモで大荒れとなっております。そしてこの貼り紙に書かれていることが事実であれば、そのデモの首謀者である日辰建設に融資をしているという理由で、我々の支店も大きなマイナスを被っているのです」

「それで私に事実関係を質そうと、こんな危ない真似をしたのか」

「その通りです。事態は切迫しております。銀行も街も、このままではダメになります」

主水は真剣な眼差しで日比野を見つめ返した。

「もしその貼り紙通りであったとすれば、どうする？」

主水を試すように、日比野が不敵に笑う。

「この場で、ヘイトデモへの支援をやめることを約束していただきます」

主水は一歩も譲らぬ覚悟を込めた。

「なかなか恐ろしい男であるようだな、おぬしは」

「差し違える覚悟でここに参りました。街のため、銀行のため、そしてなによりも、ヘイトデモに苦しんでいる焼肉店の店主キム・ドンジュのためであります」

主水の言い分を聞き終え、日比野はわずかの間、沈黙した。

「私は、何よりも差別や他人への憎悪を憎む者だ」沈黙を破り、思い詰めたように日比野が述懐し始めた。「この貼り紙のせいで、私や私の会社も、大いに迷惑をしているのだ。なぜこんなものが貼り出されたのか、そしてネットで晒されたのか、知りたいのは私の方だ。これは我が社に対する明らかな名誉毀損であり、相手先は不明だが、訴えるつもりでいる。私、そして私の会社は、ヘイトスピーチデモと一切の関係がない。信用してくれ」

日比野は力強く断言した。

主水は、ただ静かに頷くだけだった。初めて会った時から、日比野という人物はヘイトスピーチデモを主導するような人物ではないとの印象を得ていたのだった。

「それを聞いて安堵いたしました。それでは失礼します」

「ちょっと待て。それではヘイトデモはどうするのかね」

「街のみんなで戦います」

「街のみんなで？」一瞬、虚を突かれたように日比野は怪訝な顔を見せたが、すぐさま優しい笑みを浮かべた。「私も協力させてくれるかね」

「勿論です」

主水は大きく頷いた。

「なあ、主水くんと言ったね」

日比野は気安く主水の名を呼んだ。

「はい」

用件が済んだとばかりにベンツから降りようとしていた主水は、呼び止められて腰を浮かせたまま静止した。

「君は、いくら給料をもらっているかね」

「お恥ずかしいですが、たいしたことはありません」

「ならば私の下で働かんか。月一〇〇万円以上は保証しよう」

思いがけない日比野の言葉に、主水の心がぐらりと動いた。

「非常に嬉しいお申し出ですが、私はそれほど価値のある人間ではありませんので……」

「そうか。なら仕方がない。非常に残念だが、いつでも気が向いたら来なさい」

日比野は諦めきれない様子で引き下がった。「ところで、おかしなことがある」

「はて、なんでしょうか？」

「このところ、興和菱光銀行から頻繁に取引の勧誘があるのだ。まあ、それだけならよくあることだが、本部の、それもトップクラスの役員からたびたび直接の依頼が来るとなると、話は別だ。例の貼り紙を引き合いに出して、第七明和銀行なんかと取引をしていたら私の会社の評判が落ちるし、リスクもある、いずれ第七明和は潰れるから……というのだ」

日比野の話を聞いて、主水はやはり……と目を光らせた。

「何か感ずることがあるのかね」

「いささか」

「あまりにも露骨な勧誘なので私は断わっているが、気をつけないと、今頃おたくの銀行の主要な取引先に、ずかずかと手を突っ込まれているかもしれないぞ」

「ありがとうございます。注意いたします」

丁重に頭を下げ、主水はベンツから外に出た。

運転手はまだ警戒している様子だったが、主水が下車するのと入れ替わりに運転席に乗り込んだ。

後部座席の窓を下げて、日比野が顔を出した。

「もう一度言うが、主水くん、うちの社員になれよ。よく考えてくれよな」

その言葉を残して、ベンツは走り去った。

「月一〇〇万円か……」逃した魚は大きい。その喩え通りの気持ちになったが、主水はすぐに頭を切り替えた。

「やはりあの貼り紙は、我が行を貶めるために、興和菱光銀行の誰かが貼ったものだろう。それを解決しないことには、日比野の誘いがどんな好条件であろうとも辞めるわけにはいかない」

――坪井エリに、興和菱光銀行の動きを探ってもらおう。

ヘイトスピーチデモの真の首謀者は興和菱光銀行である可能性があると、主水は見ていた。

11

数日後、数十人規模のヘイトスピーチデモが、またしても高田通りで行なわれようとしていた。

しかしその日は、大家万吉を先頭に、街の商店主たち、第七明和銀行高田通り支店の行員たち、そして日比野社長が一致団結して、デモを押し返したのである。古谷も難波も香織も参加した。勿論、主水もその中にいた。

「ありがとうございます」

キムは大泣きに泣いた。彼の手をしっかりと握っていたのは、日比野だった。ヘイトスピーチデモに苦しむキムを励ます日比野の姿はたちまちネット上に拡散し、心ない貼り紙で失った信用を取り戻す一助となった。

*

街がヘイトスピーチデモと戦うために「ワン・チーム」になった夜、第七明和銀行の行員、勝俣清が自宅で自殺を図(はか)った。風邪薬(かぜぐすり)を大量に飲み、意識が朦朧(もうろう)とするなかで、自ら救急車を呼んだのである。

第四章　不倫

1

男は西麻布交差点近くにあるガソリンスタンドの脇に立っていた。その手には、大型の望遠レンズを搭載したカメラがある。

すぐ傍に車が行き交う交差点があるにもかかわらず、そこだけが夜の闇に沈み、静かだった。まるで針の落ちる音さえ聞こえるのではないかと思われた。

男の目的は、坂の上にあるイタリアンレストランで食事をしている男女の写真を撮ることだった。

その店は老舗のイタリアンレストランである。オーナーは、日本におけるイタリア料理のパイオニアとの呼び声も高い。

「美味い飯を食っているんだろうな」

男は、手の中のカメラを愛おしげに撫でながら呟いた。

最近のカメラは高機能で、暗闇でもフラッシュを焚かずに簡単に鮮明な写真を撮れる。今回もその機能を利用するつもりだったが、男は、フラッシュを焚く方が気に入っていた。あの真っ白な明かりに照らされた瞬間の被写体の驚愕した表情が、パパラッチとして最高に興奮する瞬間なのだ。

男は、煙草に火をつけた。

「すみません」

背後から声をかけられて男が振り向くと、そこに立っていたのはガソリンスタンドの店員だった。

「煙草を消していただけませんか?」

「なんだって?」男は憤慨した様子で店員を睨みつけた。「ここは敷地外だろう」

「ええ、まあ、そうなんですが、なにせ火気厳禁なので……」

店員は表向き言いにくそうな素振りを見せつつ、その実、断固として譲る気配はなさそうだった。

「こんな煙草一本で文句を言うなよ」

「でも、この辺りは喫煙禁止なんです。すみません」

「ちっ」

舌打ちをした男は、腹立ちまぎれに吸い殻をその場に捨てた。

「あのう、ポイ捨てはいけません」

店員は、なおも申し訳なさそうに言う。

「お前、いい加減にしろよ。うるせえな」

「すみません。でも、自分でお捨てになったものは、自分で始末をつけてください」

「分かったよ。拾えばいいんだろう？　拾えば」

男は不満そうに店員を睨みつけながら吸い殻を拾い上げ、ポケットに入れた。

「本当に申し訳ありません」

店員は謝罪の言葉を述べながらも、口元にはしてやったりと満足げな微笑みを浮かべていた。一礼して踵を返そうとする。

「あっ！」

不意に、男が声を上げた。

店員は驚いて立ちすくむ。

「どけ！」

男は店員を押しのけた。そして目の前を通り過ぎていく男女の背後からカメラを構える。

「主水ちゃん……」

女が男に寄り添うように歩いていた。

「何が、主水ちゃんだ。ちきしょう」

男はシャッターを押すのを諦めた。背後からの写真では決定的な証拠にならない。

「どうされましたか？」

店員が心配そうな顔をした。お前のせいでスクープを逃したじゃないか、と文句を言いたかったが、ぐっと言葉を飲み込んだ。悪いのは、煙草を吸った自分だ。次のチャンスこそ逃すまいと強く心に誓いながら、男はポケットに入れた吸い殻を揉み潰した。

2

多加賀主水は、古谷伸太支店長とともに勝俣清が入院している高田町総合病院に向かっていた。

第七明和銀行高田通り支店の行員、勝俣清は自宅で風邪薬を大量に飲み、自殺を図ったのである。意識が朦朧とするなかで、自ら救急車を呼んだのだという。

朝、その一報を受けた古谷は例の激しい頭痛に襲われ、朝礼前に倒れ込みそうになってしまった。急いで駆け寄って抱き抱えた主水に、古谷は思わず縋ってしまった。

「主水さん……」

古谷は、支店で発生する数々のトラブル対処を主水に頼りきっているという自覚はあった。そのことに対する忸怩（じくじ）たる思いもあった。だが古谷は、主水の腕の中で息も絶え絶えに「一緒に、勝俣の見舞いに行ってくれませんか」と頼まずにはいられなかったのである。主水が即座に承知したのは言うまでもない。

「主水さん……勝俣はどうして自殺未遂（みすい）なんかしたんでしょうね」

主水の横を歩く古谷に、もはや支店長の威厳はない。口調まで主水を兄と慕（した）う弟のようになってしまう。我ながら情けないと古谷は思うのだが、どうしようもなかった。

「以前から、何か思い悩むところがあったようです。何度も同じ車に煽られて、外回りに出たくないと笹野課長に訴えていたようですから」

勝俣の病室は三階の十八号室と聞いていた。廊下には点滴スタンドを押しながら歩く人、不安そうな顔で病室の番号を探す人、急ぎ足で主水の傍を通り過ぎる看護師などがいて慌ただしい。それぞれにそれぞれのドラマがあると思うと、廊下に漂う消毒液のやや刺激的な匂いとともに、主水の心がざわつく。

「どうしてそんなわけの分からない車に煽られたのかなぁ」

エレベーターに乗り込んだ古谷は肩を落とした。

「勝俣さんのことも心配ですが、支店長、頭の傷はどうなんですか」

主水は古谷の頭を見た。ぐるぐる巻きになっていた包帯は取れているが、後頭部の一部の毛髪が剃られ、そこを大きめの絆創膏が覆っていた。

「ケガはいいんだけどね。何かを思い出そうとすると、頭痛が起きるんだ。今回みたいにね。思い出そうとしているのは、どうやらとても重要なことなんだよ」

悲しそうな目で主水を見つめる。

先日、古谷は暴漢に襲われ、頭をしたたかに殴られた。大事に至らなかったのは幸いだったが、その時自分が何をしようとしていたのか、襲われた前後の記憶だけが欠落してしまったのである。そのことを思い出そうとすると、決まって頭痛がするのだという。

「今日もお辛そうでしたが、頭痛が起こるきっかけのようなものはありませんか？」

「さぁてね……」古谷は考え込むように首を傾げた。「強いて言えば、勝俣のことを考えた時に頭痛が起きるかなぁ」

「勝俣さんのことをね……」

主水も不思議そうに首を傾げた。

エレベーターを降り、二人は病室の前で足を止めた。主水が古谷の顔を覗き込む。

「支店長、病室に入りますが大丈夫ですか？　勝俣さんのことを考えていますか？　頭痛はしませんか？」

主水の呼びかけに、古谷はやや青ざめた顔をして深呼吸を繰り返した。

「大丈夫のようです。ここまで来たら、なんだか落ち着いたのか、頭の中のもやもやが晴れ始めたような気がします」

古谷は依然として苦しそうだが、どこか晴れやかな表情のようにも主水は感じた。

「では、ドアを開けますよ」

主水は病室のドアを開けた。

そこは四人部屋だった。勝俣のベッドは一番奥である。他の三つのベッドはカーテンで閉め切られており、どんな人が横たわっているのかは分からなかった。

勝俣だけがカーテンを開け、上半身を起こしてスマートフォンを操作している。

「おお、勝俣。どうだ、具合は？」

古谷が努めて明るく声をかけた。

すると勝俣は、支店長自ら見舞いに来るとは予期していなかったのか、スマホを持った手を硬直させ、瞬（まばた）きもせずに古谷を見つめた。

「し、支店長！」

勝俣は声を震わせた。その表情には明らかに、喜びではなく怯えが浮かんでいる。

「これ食べて元気出せ」

古谷は、持参したメロンを差し出した。病気見舞いの定番である。

「あああ……」

メロンを見ても、勝俣の顔には異常なほどの恐怖が貼りついたままだった。

「どうした、メロンだぞ。これ、俺のポケットマネーからだ。高かったんだぞ。美味いはずだ。ほら」

古谷は、一向に受け取ろうとしない勝俣に、メロンの入った籠をぐいっと差し出す。ところが、勝俣の恐怖はむしろ増したようだ。

「あわわ……」

まるで怪物に出会ったかのような怯えようだった。掛け布団を抱えて、ベッドの上をじりじりと後退る。そのままベッドから落ちてしまいそうな勢いだった。

「どうした？　メロン、ほらメロン」

古谷の笑顔も強張り始めた。

主水は、二人の表情を興味深く眺めていた。古谷の笑顔が、徐々に奇妙に歪み始める。そして勝俣は恐怖におののく。古谷が近づけば近づくほど、勝俣の恐怖の度合いは高まっていくようだった。

「……検査部？」

不意に、古谷が呟いた。誰かに向かって発した言葉ではない。思わずポロリと漏れたような感じだった。

「ワーッ」

その途端、勝俣が悲鳴を上げた。尋常ではない叫び声だった。後退ってベッドの端まで行きついた勝俣は、ついに向こう側に落ちて姿を消す。その瞬間、ガラガラという激しい音とともに、病室のカーテンが一斉に開いた。相部屋の患者たちの視線が、勝俣のベッドに集まる。

「看護師さん！」

古谷が声を上げた。その手から果物籠が零れ落ち、メロンがゴロリと転がった。

「あっ、メロンが……」

隣のベッドにいた患者がすかさず飛び降り、メロンに手を伸ばした。

主水はナースコールのボタンを押すと、ベッドに飛び乗った。

勝俣が落ちた側を覗き込む。勝俣は、ベッドと壁との狭い隙間に体を折り曲げて挟まり、気を失っているように見えた。

「どうしたのですか？」

太り肉の女性看護師が病室に飛び込んできた。

「彼が、ベッドから落ちたんです」

古谷が、呆然とした様子で言った。

主水は、ベッドを手前に動かした。

「何やっているんですか！」

見咎めた看護師がヒステリックな声を上げる。

「助け出さないと」

主水は制止に構わずベッドを動かし、壁との間に入り込むと、勝俣を助け起こした。

「大丈夫ですか？」

主水は訊いた。

「うーん」

勝俣は呻き声を発したが、目は閉じたままだ。

「早くベッドに寝かせてください」

看護師が主水に命じた。

「はい」

主水は指示に従って勝俣をベッドに寝かせ、ベッドの位置を元に戻した。

看護師は、目を閉じたまま横たわる勝俣の腕を取り、脈拍を測った。

「大丈夫でしょう。安静にしておけば……」そして、だらりと伸びた勝俣の腕を掛け布団の中に入れると、主水と古谷を睨みつけた。「いったい何をしたんですか？」

「なにもしておりません。ただ、お見舞いに来ただけで」

古谷は動揺を隠せない。

「まだ勝俣さんは落ち着きを取り戻していませんから、あまり刺激を与えないでください」

看護師は厳しく注意をした。

「支店長、失礼しましょうか」

「その方がいいですね」古谷は言ったが、何かを探している。「あれ、メロンは？」

事情を察した主水は、いつの間にか閉じていた隣のベッドのカーテンを思いきり開けた。

見知らぬ患者がメロンを抱いて、ベッドの上に胡坐（あぐら）をかいて座っていた。

「あっ、こ、これ、拾っておきました」

患者は慌てふためいた様子でメロンを籠に入れると、主水に差し出した。

「ありがとうございました」

主水はメロンを受け取り、勝俣のベッドサイドテーブルの上に置いた。

勝俣は、安らかな寝息を立てていた。

「勝俣はどうしたんでしょうね。よほどメロンが嫌いだったのでしょうか」

病室を出た古谷は肩を落とした。

「支店長、先ほど何か言われましたね」

主水の質問に、古谷は顔を上げて主水を見つめた。

「私、何か変なことを言いましたか？」

「変なことではないんですが、検査とかなんとか……」

主水が答えた瞬間、古谷の表情が輝いた。

「検査部ですよ。主水さん、検査部！　やっと頭がクリアになりました！」

古谷が息を切らさんばかりに焦り、話し始める。

「支店長、落ち着いてください。ゆっくりと深呼吸して」

主水に言われるまま、古谷は息を整えた。

「もう大丈夫です」

「ではお話しください。そこに座りましょうか？」

主水は古谷の背を押して誘導し、廊下の隅の休憩コーナーに座らせた。

「主水さんは当行内部からの情報漏洩を疑っておられましたね」

「はい」

　主水も椅子に座り、古谷と向き合う。

「一般的に情報漏洩というと、本部のコンピューターから何十万、何百万もの個人データが一度に流出する場合が多いようです。ところが今回は、高田通り支店をはじめ特定の個人データが漏洩していると疑われます。興和菱光銀行の不当営業にやられているのは、都内や近郊のいくつかの支店だけなのです」

　古谷の目が輝いている。自分が辿り着いた仮説に自信を深めているのだろう。

「さて、複数の特定の支店の情報を得ることができる部署は……」

「その部署の名は？」

　主水は、身を乗り出すようにして訊いた。

「検査部です。検査部は、いろいろな支店を検査のために訪問します。何者かに殴られてからすっかり記憶から抜け落ちていましたが、私は勝俣の前の部署が検査部だったことに思い当たったのです」

　さすがベテランの古谷だ。危機管理や支店マネージメントに大した能力を発揮しているとは思わないが、重要な気づきがあったようだ――と主水は感じた。

「それでどうされたのですか？」

「私は、勝俣に事情を訊こうと……」

古谷は頭を抱えた。

「どうされました？　また頭痛ですか？」

「大丈夫です。ちょっとモヤがかかっていますが、晴れつつあります」

主水は、古谷が答えるまで辛抱強く待った。

「……勝俣と、支店の裏の駐車場で会うことにしたんです。検査部の名前を出して彼に事情を訊こうとしたところ、支店内では正直に話せないと深刻な顔で言うものですから……」

「それで駐車場に行ったのですね」

古谷が暴漢に襲われたのは、人気のない駐車場でのことだ。ちょうど監視カメラの死角になっており、犯人は未だ判明していない。

古谷が顔を上げた。

「ええ。しかし、いくら待てども勝俣が来ない。焦れてしまって、あの野郎承知しないぞ、支店長との約束を破るなんてどういう了見だと憤慨していたら、突然、頭に衝撃が……」

古谷は絆創膏が貼られている辺りに手を当てた。

「それでその場に倒れた……」

主水は呟くように言った。

「その後の記憶はないんです。気づいたら病院で寝ていましたから」古谷が悲しそうな表情を浮かべた。「勝俣が襲ったのでしょうか」

「どうでしょうか？　その可能性は考えたくはありませんが、全くゼロではありませんね。ところで、検査部から情報が漏洩した可能性は高いと思われますか」

「間違いないでしょうね。私のここに誓って」

古谷は後頭部を指さした。

「早速、勝俣さんが検査を担当していた支店と、情報が漏洩したと思われる支店との関連を椿原さんに調べてもらいましょう」

主水の提案に、古谷は静かに頷いた。

「お願いします。勝俣が私を殴ったのだとしたら、とても悲しいですが……。そうでないことを祈りたいです」

古谷は目を伏せた。

これまで主水は古谷をあまり評価してこなかったが、少し見直す気になった。

被害を受けながら、部下のことを気遣っている。いい上司ではないか。

「大丈夫ですよ。犯人はきっと別にいますから」

主水は古谷を励ました。古谷の目に喜びの光が見えたような気がしたのである。

3

芹沢は、スマホに向かって怒鳴っていた。

「なに、失敗した？」

『申し訳ありません。確実なシャッターチャンスを狙っていたんですが、思わぬ邪魔が入りまして』

電話の向こうで、男は言い訳を口にした。

「言い訳は無用だ。せっかく高額の報酬を支払うつもりでいたのに、お前はそれをフイにしたわけだ」

「勘弁してください。ちゃんとやり遂げますから」

「しかし、彼らが次にいつ会うのかは分からない。先日の情報ほど有力なものは得られていないのだ。この際、合成写真にしろ。それもできるだけ衝撃的、スキャンダラスにするんだ」

「えっ、合成写真ですか……」

パパラッチとはいえ、男はカメラマンのはしくれだ。いくらカネのためであっても、写真を合成する、すなわち捏造写真を作る真似など絶対にしてはならないと思っているのだろう。声の調子だけで、芹沢の指示を嫌がっている男の顔が、スマホの向こう側に見える気がする。

「やれないのか。それなら今後一切、お前と仕事はしない」

芹沢は断固とした口調で言いきった。

「分かりました。やります。やりますよ」

男は、カネが欲しい。喉から手が出るほどに。多くの借金を抱えて、身動きが取れないでいる。芹沢から支払われる報酬で、なんとかひと息つけるかどうかといったところだろう。報酬がなければ極端でもなんでもなく、この世をおさらばしなくてはならない。そんな苦境を芹沢はお見通しだ。

「それではすぐに取りかかれ。出来栄えを期待しているぞ」

芹沢はスマホの通話を切った。

──失敗は許さないぞ。もし失敗したら、私自身が清河頭取に切られてしまう運命にあるんだ。

芹沢は、祈るような気持ちで深くため息をついた。

4

最近、主水は絶えず誰かに見られているような気がして仕方がなかった。それも人間の目ではない。なにかもっと冷たい目だ。

「主水サン、顔色がよくないですネ」

ＡＩロボットのバンクンが言う。バンクンには人間の体温を感知する能力があり、観察対象の人間が興奮しているか、冷静でいるかなどを判別できる。そして、何度も判別を繰り返すうちに自ら深層学習して、人物固有の感情まで推測し、読み取るようになっているのである。

「分かるかな？」

主水はバンクンを見つめた。

「なにか、悩みがあるのですカ」

バンクンは、主水の顔の表面温度が普段とは違って低温であり、顔色も良くないことから、何か悩みがあるのだろうと推測しているのだ。

「誰かに見張られているような、嫌な感じがする……」

主水は体を屈め、バンクンの顔を覗き込むように見つめた。

「どうしました？　ワタシの顔に、何かついてますカ」

「バンクンの目ってカメラだよね」

「とても精巧なカメラデス」

バンクンは誇らしげに主水を見上げる。

「カメラの目か……」

主水は、はたと思い当たった。最近、自分に向けられていると感じる冷たい目は、カメラのレンズかもしれない。誰かが自分の姿を写真に収めようとしているのだ。

不意に、先日の夜のことを思い出した。〝彼女〟とイタリアンレストランに行った帰りだ。

店を出て坂を下り、ガソリンスタンドの前を通りかかった際、男が店員と揉めていた。その男の手には、大型のレンズを装着したカメラがあった。

主水は注意してそれを見たわけではない。ただ、あまりにも立派なカメラだったので目の端に飛び込んできた。彼女と話をしてはいたが、一方で、素晴らしいカメラだなと感情が動いたのだ。

見たものの記憶とは、感情が動くかどうかだと言える。素晴らしい黄昏時の景色に、不意に飛び込んできたコウモリ。凄い、なんと素早い動きなのだ。子供の頃、石垣から飛び降りる冒険を試みた際の、地面に生えていたタンポポの鮮やかな黄色。あのタンポポは踏まないようにしよう。潰したら可哀そうだ……。

どの景色も、目に飛び込んだ瞬間に感情が動くことで、脳の深層に焼きつけられる。その記憶は生涯消えることなく、ふとしたきっかけで蘇ってくる。

今、主水の記憶に蘇ってきたカメラも、その類いだった。

「だいじょうぶですカ」

バンクンが心配そうに言う。

「大丈夫だよ。ありがとう」

主水は、カメラを持っていた男の顔を思い出そうとしたが、さすがにそこまでは無理だった。ほとんどカメラしか見ていないのだ。しかし、あんな夜更けにカメラを持ってあの場所にいるというのは、偶然だろうか。なんとなく見張られているような嫌な感覚は、あのカメラと関係があるのか。

主水は、スマホを取り出した。

「バンクン、ほんの少し外に出るよ。ちょっと電話するだけだから、店番を頼んだよ」

「ワカリマシタ」

バンクンは、人間よりよほど頼りになる。主水はバンクンの頭を優しく撫でた。

それから支店の外に出てスマホの画面をタップし、〝彼女〟を呼び出した。

彼女――金融庁総合政策局審議官冨久原玲と主水が親しくなったのは、本当に偶然だった。主水がスペインやポルトガルなど南欧諸国を放浪している際、旅行で来ていた玲が暴漢に襲われそうになったのを救ったのがきっかけだった。

ただし、その時の主水は、助けた恩に着せることもなく、その場を立ち去った。

ところが帰国後、東京のあるホテルのバーで、二人は偶然、再会したのだった。

そしてその夜、男女の仲になった。もう二十数年も前の話だ。玲は、主水との淡い思い出を胸に抱いたまま、当時勤務していた旧大蔵省（現財務省）の官僚と結婚した。

その後、彼女は旧大蔵省から金融庁に移り、とんとん拍子に出世し、今では金融庁総合政策局審議官という立場にある。局長を補佐しながら、日本の金融政策の舵取りを任されているのだ。

主水は彼女のことを、今では良き友人だと思っている。過去の甘美な思い出に執着することはない。それが主水流の生き方である。そして彼女も、そのことを十分に理解していた。

彼女は今では、良き母、良き妻、良き官僚として充実した生活を送っている。

三回目のコールで、相手が出た。

『主水、どうしたの？』

「玲、急ぎ、用件だけ伝える」

『なに、急用なの』

「周囲に気をつけて欲しい。どうも僕は、カメラに付け狙われているようだ。君も狙われている可能性がある。僕が、君をトラブルに巻き込んでしまったみたいだ」

『どういうこと？』

「玲のお陰で、先日起きた取り付け騒ぎの収拾がついたわけだけど、そのことが外部に漏れたんじゃないか。僕との関係ということでね。それで僕と玲とが、何者かに見張られている可能性がある。あくまで僕の推測だけど。僕だけ狙っても、それほど意味があるとは思えない。二人の関係を邪推した者がいるに違いない」

『確かなの？』

スマホから聞こえる玲の声に不安が宿った。

「僕の勘だ。でもよく当たるんだ、これがね。もし迷惑をかけてしまったとしたら謝る」

『謝るなんて……必要ないわ。主水も気をつけてね。ところで、こっちにも気になる情報があるの』

「なに？」

『興和菱光銀行の清河頭取が、おたくの吉川頭取と接触した。合併協議ね。吉川頭取は嫌がっているけど、清河頭取は熱心なの。強引な人で、実質的な吸収合併を狙っている。今回の一連のトラブルもそれに起因していると見た方がいいかもしれない。目的のためなら手段を選ばない人だから』

「吸収合併か……」

興和菱光銀行は、メガバンクの中でも最強と言われている。第七明和銀行もメガバンクの一角だが、その力には格段の差があるのだ。狙われたら、かなりやばいと言えるかもしれない。

「金融庁はどう考えているんだ？」

『メガ同士の合併のこと？　そうね……』玲は言い淀む。『民間同士の話に口は出さない方針だけど、個人的には清河頭取は嫌いよ』

嫌い？　玲らしい反応だった。策を弄する狡猾な経営者は許さないというのが玲の生き方だ。そのため敵も多いが、シンパも多い。官僚として出世するために、上司や政治家に忖度することもない。そんな真っ直ぐな生き方が、女性活躍を標榜する政府に好感を持たれ、出世につながっているのである。

「玲が嫌いなら、この合併は潰した方がいいな」

主水は言った。

『これはあくまで個人的感想。好き嫌いで行政をやっていないからね』

「分かっている。まあ、とにかく気をつけてくれ」

『主水もね』

主水は玲の返事を聞いてから、スマホの通話を切った。

第七明和銀行を襲っている一連のトラブルは、全て興和菱光銀行による合併を狙った工作ではないか。

この疑いは、新田室長を通じて吉川頭取に報告しなければならない。むろん興和菱光銀行と合併するかしないかは、頭取が決めることだが……。

また、自殺未遂を図った勝俣の快復を待つ必要があるが、彼が興和菱光銀行に情報を提供した可能性が高いと思われる。対価で金銭を得たのかどうか調査を要する。

では、勝俣が恐れていたという煽り運転との関連はどうなのか。

そして、古谷は誰に襲われたのか。古谷が懸念していたように、勝俣自身が襲ったのでなければいいのだが……。

さらに、カメラの問題もある。

なぜ自分が被写体なのか。どのような写真を撮ろうとしていたのだろうか。ただの庶務行員のスキャンダルが強請(ゆす)りのネタになるとは思えなかった。

主水は酒に強く、理性を失うことはない。酔っぱらって立ち小便をしたことも、看板を蹴って壊したこともない。

すると、カメラを持っていた男はやはり、玲と一緒にいる場面を撮りたかったのだろう。だが、良き友人である彼女と食事をしただけで、誰かに後ろ指をさされるいわれはない。

「まあ、カメラについてはあまり気にすることもないだろう」

主水は呟いた。

5

翌日、開店準備をする主水に突然、本店企画部の椿原美由紀から電話が入った。

『吉川頭取が会いたいと仰っています』

一介の庶務行員が頭取に呼ばれることなど、普通は有り得ない。しかし主水はこれまで、第七明和銀行の存立を脅かすような危機をたびたび解決してきた。それはとりもなおさず、吉川の危機を救ったということでもある。だから吉川が主水に会いたいというのは、なんら不思議でもなく、むしろ当然のことかもしれない。

「分かりました。伺います。ところで椿原さん、いただいたお電話で失礼ですが、勝俣さんの情報は入手できたでしょうか？」

主水は先日、勝俣が検査部時代に訪れた支店のリストを入手できないか、美由紀に頼んでいたのだった。リストの支店名と被害に遭った支店とが一致すれば、勝俣が情報漏洩の犯人である疑いが濃厚になる。

『はい、ご用意できています。お会いした際にお渡しできると思います』

電話の向こうで答える美由紀の声に、主水はふと違和感を覚えた。いつになく声が硬いのだ。理由は不明だが、いつものフレンドリーさがない。他人行儀と言っていい。近くに誰かがいるのかもしれないが、なんとなく妙だった。

『では急ぎ、本店までいらしてください』

美由紀は用件を告げると、電話を切った。

主水は難波俊樹の席に向かった。昼行灯(ひるあんどん)の事務課長は相変わらず、机の上に重ねた書類を読むでもなく、ぼーっと眺めている。

今、多くの企業が中高年のリストラを強引に進めている一方で、政府は民間企業に対し、希望する人を七十歳まで雇用して欲しいと、六十五歳までの希望者全員の雇用を義務付けた現行の「高年齢者雇用安定法」改正を目論んでいる。

これには破綻するかもしれないと囁かれている年金財政の問題がある。何とか年金支給年齢を後寄せにしたい政府の希望があると言われているのだ。

勿論、国民の側に七十歳まで元気に働きたいという希望があるのも事実だ。医療の発達などによって人生百年時代と謳われる昨今、希望に溢れた百年ならともかく、それまで生活資金を保ち続けられるだろうかという不安もあるからだ。

翻って、企業の方はどうだろうか。政府の年金財政破綻のツケを回されては堪らないと、実質的な四十五歳定年制が浸透しつつある。

酷い言い方だが、コストパフォーマンスが悪い、役員にもなれる見込みがない、管理職に就いても働かない、そして管理職にも就けない中高年社員を、どんどんリストラしているようなのだ。企業経営が黒字である内に、人材の〝不良在庫〟を一掃しようというわけだ。黒字リストラである。なんという冷たさ、リアルさだろうか。

難波の勤務態度を見ていると、真っ先に黒字リストラの対象になるだろうと思わざるを得ない。ましてや興和菱光銀行に吸収合併されたら、難波はひとたまりもなく追い出されてしまうだろう。主水は、難波のためにも興和菱光銀行による吸収合併を阻止しなければならないと固く誓った。

「へえ、本店に呼ばれたんですか。それも頭取にね……」難波が妬ましそうな表情を主水に向けた。「何か、ご褒美ですかね」

「そんなことはないと思いますが、すぐ来いということですので行って参ります」

「私のことも、頭取によろしくお伝えください」

難波が乞うような目つきになる。

「分かっております。必ずお伝えします」

主水は強い口調で言った。

「主水さん、ちょっと」

そこへ、香織が近づいてきた。その表情はどこか暗い。

「はい、何でしょうか？」

「主水さん、本店に行くんでしょう」

「ええ、よくご存じで」

「美由紀から連絡があったんです」

「私にもつい先ほど、椿原さんから連絡があったのですが……」

「美由紀、詳しい話はしていましたか？」

「詳しい話というと……。頭取が至急、会いたいからという話でしたが」主水は、香織の表情が尋常ではないと気づいた。「なにか気になることでもあるんですか？」

するると香織の表情が崩れ、涙目になった。

「どうしましたか？」

「主水さん、私……主水さんのこと、信頼していますから」

香織が急に踵を返して、自席に逃げるようにして戻る。

「生野さん！」

主水が呼び止めても、香織は振り向かなかった。いったいどうしたというのだろう。

「主水さん、女性を泣かしてはダメですね。セクハラ、パワハラには厳しい時代ですから」

難波が、少し愉快そうに言う。

「はあ……」

主水は事態が呑み込めず、ため息を漏らすばかりだった。

「信頼していますから？　いったいどういう意味だろうか」

主水は眉根を寄せた。

6

「これは、いったいどういうことだ！」

玲は、内閣府金融庁担当副大臣山下慎太郎に叱責を受けていた。山下の隣には、金融庁長官遠井金雄が座っている。

山下は、玲の夫だ。玲の冨久原は旧姓であり、現在は山下玲。しかし玲は冨久原の姓にこだわりがあり、結婚後も旧姓で仕事をしていた。山下なんてありきたりな名字は好きではない。

夫の山下は旧大蔵省の官僚だったが、民自党から衆議院議員選挙に出馬して当選を重ね、現内閣で内閣府副大臣となり、金融庁担当となった。つまり玲の上司というわけである。

山下は悪い人間ではないが、プライドが非常に高く、短気なところがある。その上、嫉妬深いときている。玲は最近、そんな夫にいささか辟易しているのだった。

玲の目の前に置かれているのは、怪文書と言うべきものだった。男女の抱き合っている写真がでかでかと刷られている。

「お前、自分の立場が分かっているのか！」

山下は玲を睨みつけた。お前呼ばわりするとは、公の立場としてではなく、夫として怒りをぶつけているのだろう。

それは、主水と玲が抱き合っているシーンを捉えた写真だった。都内のどこかの夜の街角だ。横顔から、主水と玲だとはっきり分かる。唇こそ合わせていないが、親密さが写真からぷんぷん匂ってくる。

「この男は、第七明和銀行の庶務行員だというではないか。この怪文書によると、お前はこの男とえらく親しいらしいな。そして立場を忘れて機密情報を提供していると」

山下の怒りは収まらない。

「冨久原君、何か言ったらどうかね」

遠井長官が眉根を寄せている。彼は人柄でこの地位まで上り詰めた。優柔不断なところはあるが、冨久原たち部下の足を引っ張るようなことはしない。今、苦渋に満ちた表情をしているのは、どのように対処していいか分からないからだろう。なにしろ、玲の夫は誰あろう、副大臣の山下なのだ。こんな複雑な人事を行なった現政府に文句を言いたい気持ちが、眉根の深い皺となって遠井の顔に刻まれている。

玲は無言で夫を見つめている。山下は、嫉妬で冷静さを失っていた。そんな時は沈黙に限ると玲は決め込んでいた。

「多加賀主水だと。ふざけた名前の奴だ。本店のエリート幹部ならまだしも、しがない支店の庶務行員なんかと不埒(ふらち)な関係になるとは、お前はチャタレイ夫人か！」

玲は驚いた。普段、文学に全く関心を示さない夫がD・H・ロレンス作『チャタレイ夫人の恋人』の名を持ち出したからだ。おそらく、作品そのものを読んではいまい。ただ、チャタレイ夫人が身分違いの森番の男と恋に落ちたというあらすじだけを、どこかで聞きかじっていたのだろう。

「ふふふ」

玲は、思わず含み笑いを漏らしてしまった。

「何がおかしい！」

「副大臣が、チャタレイ夫人と仰ったからです」

当然のことだが玲は、職場では山下のことを「副大臣」と呼称している。

「その、どこがおかしい」

「エリート幹部との関係なら、お許しになるのかと思いまして……」

「なんだと！　どんな男とも許さん！　この男とはどういう関係なんだ」

「昔の知り合いです。それ以上の関係はありません。このような真似は一切、しておりません。この写真は捏造です。私を疑う前によくお調べになってください」

玲は、ついに吹っ切れたように毅然と反論した。

「そうだよね。そうだよね。冨久原君の出世を妬む誰かが、こんな怪文書をバラまいたんだね。女性官僚の出世を妬む連中は多いから。女性活躍社会とかなんとか言っても、まだまだ日本は遅れているからね」

遠井長官が、ぎこちない笑みを浮かべながら取り成した。

「長官、ちょっと黙っていてくれないか」

山下が不愉快そうな顔で制した。

「はっ、申し訳ございません」

遠井が頭を下げた。

「ではお前は、捏造の写真をバラまかれただけで、機密情報を提供したこともないと言うんだな」

「ありません」

「誓って、ないんだな」

山下の視線が微妙に和らぐ。未だ嫉妬に心を掻き毟られていても、玲を愛していることは間違いないのだ。玲が主水との関係を明確に否定したことで安堵しつつも、まだ疑いが完全に払拭されたわけではない。揺れる気持ちが、山下の表情に浮かんだのである。

——攻めるのは今だ。

玲は、山下の気持ちの揺らぎを鋭く感じ取った。

7

「頭取は、こんなもののために私を呼び出したのですか。いい加減にしてください」

主水は憤慨した。頭取の執務机の上には、主水と玲の親密な関係を告発する怪文書が置かれている。

「まあ、そういうことだな。なあ、新田君」

吉川は、主水の意外とも思える憤慨ぶりに動揺したのか、隣にいる秘書室長の新田宏治に話を振った。

新田は高田通り支店の前支店長で、かつて主水の上司でもあった。

「ここに写っているのは冨久原玲さんです。彼女とは、昔からの知り合いです。今は金融庁の審議官をしていますね。誓って申し上げますが、不埒な関係はありません」

主水は憤慨を抑えて、努めて冷静に話す。

「冨久原審議官の御主人は、金融庁担当の副大臣なんだよ。彼がものすごい剣幕で、私に怒鳴ってきてね。これと同じ怪文書が、副大臣にも届いたようなんだ。副大臣は、この男は何者だ、即刻、クビにしろと仰って……。もう大変だったんだ」

吉川は額の汗を手で拭った。よほど、山下の叱責が厳しかったのか、思い出すだけで汗が噴き出てくるようだった。

――へえ、玲の夫は政治家なのか。それも金融庁担当副大臣とはね。

主水は、玲の立場の複雑さに同情した。あのイタリアンレストランで食事をした際、まるで少女のようにはしゃいでいたが、あれは日ごろのストレスの発散だったのだろう。

「……不倫関係にはないというのですね」

新田が、主水の反応を窺うような口調で訊いた。

「ある、と言ったらどうします？」

主水はにやりと笑った。

「まあ、個人的なことですから、どうしようもありません。しかし、主水さんの人脈は多岐にわたるなぁと感心するだけでは済まされません。山下副大臣は、非常に短気な方です。我が行にどんな嫌がらせをしてこられるか……想像するだけで震えが来ます」

新田と吉川は、顔を見合わせた。

「玲さんも、随分と嫌な奴と結婚しているんですね。私の方から別れるように言いましょうか」

ここぞとばかり、主水が煽る。

「やめてください。ただでさえ我が行はいま、興和菱光銀行の清河頭取から合併話を持ち込まれて、微妙な時期なんだから」

言ってしまってから、吉川は慌てて口を押さえた。

「それが全ての元凶なのです。頭取」主水は執務机越しに、吉川にぐっと顔を近づけた。吉川は、怪文書を証拠に主水を糾弾するつもりだったのだが、逆に主水に押し込まれてしまっている。

「実は、先日の取り付け騒ぎの際、玲――否、冨久原審議官にお願いして、それを引き起こしたと思われる興和菱光銀行に囁いてもらったのです。顧客を煽るような預け替えの勧誘をやめるようにと」

「主水さんが審議官を動かしたのか」

新田が目を瞠った。

「僭越とは思いましたが、騒ぎを収めるにはそれしかないと考えまして……」

「そうだったのか」吉川は大きく頷いた。「お陰で助かった。しかし、審議官がよく個別の銀行への口利きを承諾してくれたものだな」

「まあ、古い付き合いなものですから。その後も我が行ではいくつかトラブルが続きましたが、全ては興和菱光銀行の仕業と思われます。おそらく、我が行の経営基盤を揺るがそうとしているのです。冨久原審議官のお考えも同じです」

主水は吉川を見つめた。

「主水君と審議官の関係を知っている者、あるいは知った者が、お二人を陥れようとして、このような怪文書をバラまいたということかね」

「そうだと思います」

「主水さん。頭取は、先日、興和菱光銀行の清河頭取とお会いになったんだ」新田は、暗く沈んだ顔を主水に向けた。「そこで正式に合併を申し込まれた。一緒にギガバンクを作らねば生き残れないとね。今の世の中は、どの業界も一強多弱だ。銀行業界も然り。もし今回の合併話を断われば、我が行はこのまま沈む一方だと、清河頭取は言うんだ。それも露骨にね」

「受けるんですか、その合併話を」

主水は吉川に迫った。

「迷っている……」吉川は、厳しい表情になった。「しかし、主水君の話を聞いて、興和菱光のやり口の汚さに驚き、憤慨しているのも事実だよ」

「頭取。私は、一介の庶務行員です。経営のことなど分かりません。しかし、経営も人間関係も同じだと思います。他人を騙したり陥れたりするような人間と、手を組みたくはありません。我が行の行員たちも同じ思いでしょう。自分が、ただ生き残るためだけに合併という選択をする。なんのために、誰のために生き残ろうとするのか、よく考えないと、生き残ろうとする策が、死を早めることだってあると思います」

「主水君……」

吉川は苦渋に満ちた表情で主水を見つめた。

「出過ぎたことを申し上げました。これで失礼します」

主水は、吉川と新田に頭を下げると、頭取室を出た。

廊下に美由紀がいた。

「主水さん、やはり不倫疑惑は根も葉もない嘘だったのですね」

「聞いていたのですか」

「ドアに耳を当てていました」

美由紀は微笑んだ。

「ご心配をおかけして申し訳ありません。支店を出る前、生野さんが信頼していますだなんて意味深なことを仰っていましたが、この怪文書のことだったんですね。多くの人にバラまかれたのですか？」

主水は表情を曇らせた。

「はい。各銀行の役員、そして金融庁にも」

美由紀は淡々と事実だけを述べた。

「参りましたね……」

主水は、玲のことを思った。彼女が困っていないか、心配になったのだ。

「ところで主水さん、勝俣さんが検査部時代に訪れた支店と、今回トラブルが発生した支店とが一致しました。やはり勝俣さんが外部に情報を漏らしたと推定されます」

「そうですか」

病室で眠っている勝俣を叩き起こしてでも、真相を質す必要があるな……。主水はスマホを取り出した。

8

「君は、今回の怪文書の出どころは興和菱光銀行だと言うのか」

山下は、驚きの表情で玲を見つめた。

「なぜ、そんなことをする必要があるんですか」

遠井が訊いた。

「長官、私が質問するんだ。黙っていてくれないか」

山下は、遠井に向けて不愉快そうな表情を露わにした。妻の不倫の疑いを払拭するために真相を知っておきたい――その気持ちが嵩じているのだ。

「申し訳ございません」

遠井が、いかにも不味いというふうに顔を顰めた。政治主導の内閣では、たとえ金融庁長官といえども政治家に逆らうと、簡単に更迭されてしまう。遠井は、なんとか定年まで、無事に過ごしたいと願っていた。

「興和菱光銀行が第七明和銀行と合併したいと考えていることはご存じですね」

「ああ。清河頭取からギガバンク構想を伺っている。あの人は、バンカーには珍しい、構想力のある人だ」

「しかし、その実現のために何をやってもいいというわけではありません。取り付け騒ぎを誘発させたり、第七明和を騙って保険契約の不正セールスをしたり……。今まで主水さんは、第七明和銀行に降りかかる数々のトラブルを解決してきました。主水さんから相談を受けた私は、それとなく興和菱光銀行の事情を探ったのです。その結果、まだ多少燻ってはいるようですが、多発していた第七明和銀行のトラブルは収束しました。しかし興和菱光銀行の内部に、そのことをよく思っていない人間がいるのでしょう。そこで、主水さんと私との関係を怪しんだ興和菱光銀行の誰かが、主水さんを陥れるために怪文書をバラまいた。興和菱光銀行が目論む合併に、大義はありません。阻止しないといけない……」

「ちょっと待て。やはり君は、主水という輩に機密情報を提供したのではないのか」

「しておりません。ただ興和菱光銀行のやり口があまりにも汚いために、少し事情を探っただけです」

「審議官、我々の立場で個別の銀行の話に首を突っ込むのはよくないね」

遠井が渋面を作った。

「しかし、混乱を抑えるために已むを得なかったのです」

「まあ、いいけど」

遠井は曖昧に答えた。口を利いたことでまた山下に叱責されないか警戒している。

「だからといって君が、なぜ主水とかいう末端の人間から相談を受けねばならないんだ」山下が興奮し始めた。「そんな関係なのか。その関係を誰かに気づかれ、怪文書にされた……」

山下の声は掠れていた。鼻息荒く、目には依然として強い嫉妬の炎が燃えている。

不味いことになった。攻めるべきではなかった……。玲は、黙って引き下がればよかったと反省した。興和菱光銀行の悪行を山下に訴え出れば、第七明和銀行の窮地（きゅうち）を救えるかもしれないと思ったのだが、間違いだったようだ。

「許せん！　その主水という男は許せん。やはりお前とは深い関係があるんだろう。正直に言え！」

山下は、再び玲をお前呼ばわりした。もはや副大臣と審議官ではなく、嫉妬に狂う夫と妻の関係になっていた。

山下は立ち上がり、玲に迫った。顔がぶつかりそうになるまで近づく。玲の顔に、熱く、噎（む）せ返るような山下の息が当たる。

「なんの関係もありません！　私は、興和菱光銀行の悪辣（あくらつ）さが金融界の盟主には相応（ふさわ）しくないと思って行動したのです」

「なんの関係もなければ、奴は、なぜお前に、相談するんだ！　言え、言え！」

山下が、玲の首を絞めようと両手を伸ばす。

「副大臣、落ち着いてください！」

遠井が、山下の腕を摑んだ。

「うるさい！　邪魔するな！」

山下が大きく腕を振るい、遠井を払いのける。遠井は、「うぉ！」という悲鳴とも驚愕ともつかぬ動物のような声を発し、どさりと床に尻をついた。

「正直に奴との関係を話せ！　話さないと俺は、どんな手を使ってでも興和菱光銀行による第七明和銀行の吸収合併を実現させるぞ。それでいいのか！」

山下が叫んだ。

首相に忠犬のように尻尾を振るだけで今の地位にまで上り詰め、なんの見識もなく、威張り散らすだけの男。こんな男と一生、添い遂げねばならないのか。もう、うんざりだ……。玲が落胆したその時、スマホが鳴った。

「ちょっとお待ちください」

玲は山下を押しのけて、スーツのポケットからスマホを取り出した。主水からだ。

「誰からだ。スマホを寄越せ」

山下が、眉を吊り上げて鬼の形相で手を伸ばす。

「緊急ではありません」

玲はすかさず、スマホの電源を切った。さあ、この興奮した男をどうするか、冷静に考えねばならない——と玲は思った。

山下に人間としての魅力はもはやないが、権力だけは持っている。このままだと、第七明和銀行は興和菱光銀行に吸収されてしまうだろう。

「奴からの電話だな。スマホを寄越せ。通話記録を見せろ！」

山下が、玲のスマホを奪おうと手を伸ばした。

「やめてください！」

玲は、思いきり山下の胸を両手で突いた。

「あっ！」山下がもんどり打って遠井の足もとに倒れ込む。「痛え！　何をしやがる」

「大丈夫ですか、副大臣！」

まだ床に尻餅をついたままの山下が、遠井を見上げる。

「長官！　すぐに興和菱光銀行と第七明和銀行との合併を進めさせるんだ！」

山下が叫んだ。

「さて、どうしたものか……」

玲は、暗い気持ちで山下を見下ろした。

9

一度はつながりかけた通話が突然切られてしまい、主水はスマホを茫然と見つめていた。かけ直しても『おかけになった電話は、現在電源が入っていないか、電波が届かないところにあります』とのアナウンスが流れるばかりだった。

「主水さん、どうしたんですか?」

美由紀が心配そうに主水を見上げる。

「なんでもありません。まだまだ一波乱、ありそうです」

主水は、誰にともなく呟いた。

第五章　ひきこもり

1

屈強（くっきょう）な男たちが、部屋のドアを打ち破ろうと太い鉄棒を抱えている。

「それでドアを破るんですか？」

新見綾子（にいみあやこ）は、不安そうにリーダーの男に聞いた。

「お母さんは、黙っていてください。危ないので離れて」

アメリカの刑事ものの映画で犯人を追い詰めた警官が、犯人の閉じこもる部屋のドアを蹴破るシーンを見たことがある。綾子の目の前では、まさにそんな映画のワンシーンのような光景が繰り広げられていたが、壊れた後は、誰が修理代を負担するのだろうかと、そのことばかりが気になって仕方がなかった。

警察のやることなら公費で修理代が出るのかもしれないが、我が家ではどうなるのか？

彼らは警察ではない。もう十年も自室にひきこもっている一人息子の清隆(きよたか)を部屋から引きずり出す自立支援センター、通称「引き出し屋」の男たちだった。

清隆は大学を卒業し、建材営業の会社に就職したが、酷い苛(いじ)めに遭い、自分の部屋に閉じこもって出社拒否をするようになった。三十歳の時だった。

当時、大手商社の部長をしていた夫は、ドアノブの鍵穴をドライバー(ねじ回し)で回して開錠し、何度も何度も清隆の部屋に押し入った。

――だらしない奴だ。なまけ病だ。

夫は息子を怒鳴りつけ、殴り、無理にでも出社させようとした。

そのたびに綾子は「やめてください」と懇願(こんがん)したが、やがて夫は綾子にも暴力を振るうようになった。

――お前がなっていない。お前の教育が悪いのだ。清隆はお前に似てしまった。

それが夫の決まり文句だった。

ある夜、夫が酒に酔ってリビングのソファに横たわっているところへ、珍しく清隆が部屋から出てきた。

――殺す。

その手には、包丁が握られていた。いつの間にかキッチンから持ち出してきたものだった。

酔って赤ら顔だった夫は、たちまち冷え冷えとした蒼い顔になった。

一方、清隆の顔は土気色だった。目はどんよりと灰色に濁り、焦点が合っていなかった。

綾子は慌てて清隆に駆け寄った。

——ダメよ。

なんとか清隆の手から包丁を奪った。腰から崩れ落ちそうになったが、辛うじて耐えた。

よほど恐ろしかったのか、夫は翌日から家を出て、別のマンションを借りてそこに住み始めた。夫は今では別の女性と暮らし、綾子とは離婚同然の関係が続いている。

——清隆を支えることができるのは、私だけだ。

その気持ちひとつで綾子は頑張ってきたが、さすがに十年もの間、部屋にひきこもったまま顔さえ見せない清隆に疲れてしまった。

清隆は今年、四十歳になった。綾子は六十八歳。早くなんとかしなくては、高齢のひきこもり息子を放置したまま、死を迎える年齢になる。

現在、清隆のような中高年のひきこもりが大きな社会問題になっているという。二〇一九年発表の内閣府の調査によると、四十歳から六十四歳のひきこもり数は推計六一万三〇〇〇人。

また、二〇一六年発表の内閣府の調査では十五歳から三十九歳の若者のひきこもり数が推計五四万一〇〇〇人だった。単純に合計するわけにはいかないが、これらを足すと一一五万人以上ものひきこもりが日本に存在することになる。

——私のように不幸な目に遭っている親が、一〇〇万人以上もいるんだわ。

ひきこもっていた人が傷害致死事件を起こしたというようなニュースを見たり聞いたりするたびに、綾子は清隆の将来を案じて、暗い気持ちになるのだった。

ある日、綾子は、たまたまスマホに表示されたネット広告で、ひきこもりの自立支援センターという組織があることを知った。広告によれば、多くの実績があるらしい。

綾子は、藁(わら)にも縋る気持ちで自立支援センターに連絡した。

——お任せください。実績は十分にありますから。

電話に出た男は自信たっぷりに言った。料金は、五七〇万円。清隆を部屋から出し、医者を常駐させた専用の施設で半年間、面倒を看るという。その間に社会性を取り戻させ、社会復帰させる。

五七〇万円という料金を聞いた時、綾子は率直に「高い」と思った。が、夫から提供されている毎月の生活費をコツコツ貯めたお金がある。清隆を救うためなら、惜しくない。そう決意して、彼らに依頼することにしたのだった。

自宅に訪れた自立支援センターの面々は、総勢五名。みな一様に、上下とも黒いレザー製の服に身を包んでいた。黒い帽子に黒いマスク、黒いサングラスで、頭のかたちも顔のつくりも窺い知ることができない。

ひときわ大柄で屈強そうな男が、リーダーだという。玄関先で彼らの姿を見た綾子は、激しい後悔を覚えた。これではまるで、強盗ではないか。

「早速、取りかかります」

リーダーは綾子に告げた。五人のうちの一人は、乗ってきたワゴン車に残った。ハッチバックの後ろのドアを開けて待機する係のようだ。

残る四人が、無言で家に上がり込んできた。鉄製の破城槌と呼ぶらしい太い棒、チェーンカッター、毛布、結束バンドなどを用意している。

いったい何をするのだろうか。

清隆の部屋は二階にあった。一日三食、綾子は一階のキッチンで作った食事を、ドアの前に置いておく。するといつの間にか食事は残さずきれいに食べられて、空（から）の器が廊下に出されている。その横には、洗濯に回す衣服や下着も一緒に置かれていた。

風呂は、深夜に入っているらしい。トイレは二階にもあるから、綾子と鉢合わせしないタイミングを見計らって駆け込んでいるようだ。

いつだったか、もう忘れるほど以前のことだ。トイレに行く音を階下で聞いたので、綾子は急いで二階に駆け上がり、清隆の部屋のドアの前に立ち塞がったことがある。

何をされるか分からない恐怖に少し震えながらも、絶対に部屋に入れてなるものかという強い決意でそこに立っていた。

やがて、水洗トイレで水の流れる音が聞こえ、ドアが開いた。

透き通るほどに青白くなった顔に無精髭（ぶしょうひげ）を生やし、髪の毛は自分で鋏（はさみ）を入れているのだろうか、毛先が疎（まば）らでぼさぼさの清隆が目の前に現われた。

本当にこれが我が子かと思うと、無性（むしょう）に悲しくて、綾子の目からは自然と涙がこぼれ出た。

「清隆……」

綾子が声をかけても、清隆は何も言わない。虚ろな目で、まるで知らない人間を見るかのように綾子を見る。綾子に近づくと、右手を伸ばし、綾子を強引に退けようとする。綾子は必死で踏ん張った。すると、ああ、なんということだろう。清隆は拳を握りしめ、綾子の鳩尾を力任せに殴りつけたのだった。綾子は息が詰まって悲鳴を上げることもできなかった。白目を剝き、その場に崩れ落ちた。

それからどれくらいの時間が経ったのか、目が覚めた時には、辺りはすっかり薄暗くなっていた。鳩尾がひりひり、しくしくと痛んだ。しかし身体の痛み以上に、綾子の絶望は表現のしようもないほど深かった。このままでは清隆を殺して、自分も死ぬことになるかもしれない。あの子が私を見つめた時の、何と冷たい目。あれはもはや母親を見つめる目ではなかった。憎しみとも違う。悲しみが深すぎて、人としての感情をどこかに置き忘れてきたような目だった。その目を思い出すと、綾子の絶望はさらに深くなった。その日、綾子はその場に座り込んだまま、いつまでもひくひくと肩を揺らして泣いていた。

あの事件を境に綾子は、自力で清隆を部屋から出すことを諦めた。そして、お互い姿の見えない、否、見ようとしない関係を続けてきたのだ。

それが今日で終わる。

男たちが、勢いをつけて破城槌をドアに打ちつけた。かつて何度か父に押し入られて以来、ネット通販か何かで調達したのだろうか、清隆は部屋の内側にドアチェーンを掛けている。その箇所を狙って破城槌が何度も何度も打ち据えられた。

やがて、ガンという鈍い金属音とともにドアが壊れた。

「突入！」

リーダーの掛け声とともに、男たちが部屋の中に飛び込んだ。

「ギャーッ！」

まるで人間とは思えない声が聞こえた。清隆の声だろうか。同時に床をどんどんと足で蹴る音がする。清隆が暴れているのだろうか。

「確保！」

リーダーが叫んだ。

「移送！」

またリーダーが叫ぶ。

毛布にくるまれ、頭から白い袋を被せられた清隆が、四人の男に抱えられて階段を降りてくる。

顔は見えないものの、白い袋の中から、苦しそうな清隆の呻き声が漏れていた。毛布から突き出た足をばたつかせている。

「じたばたするんじゃない」

リーダーが怒鳴った。

「清隆！」

思わず綾子は叫んだ。

「お、お母さん！　助けて！」

清隆が応えた。

「清隆！」

綾子は息子のもとに駆け寄った。

「お母さん、あっちへ行ってください」

リーダーが綾子を撥ねのける。綾子はふらふらと、その場に頽れた。

「お母さん！　お母さん！　助けて！」

「清隆！」

綾子は床に倒れ込んだまま、声を限りに叫んだ。

――あの子が、私に助けを求めている。

この十年来、なかったことだ。

彼らに清隆の救出を依頼したことを、綾子は激しく後悔した。

しかし綾子にはなすすべもなく、清隆を押し込んだワゴン車は、地面を切り裂くような鋭い音を立てて急発進していった。

2

多加賀主水は、生野香織とともに勝俣清の自宅に向かっていた。

自殺未遂で入院していた勝俣は、退院後も高田通り支店に出勤することなく、自宅にひきこもっている。

「本当に勝俣さんが情報漏洩の犯人なのでしょうか？」

道すがら、香織が切り出した。

「美由紀さんから報告がありました。かつて勝俣さんが検査部時代に訪れた支店と、今回の騒動で情報漏れがあった支店とが一致したと。まず間違いないでしょうね」

渋い顔で主水は答えた。

「ここですね。人事情報ではアパート住まいということでしたが、けっこう良いマンションです」

「独身なのにね」

香織が建物を見上げて口を尖らせる。

勝俣の自宅は、鉄筋コンクリート造りの五階建てマンションの一階にあった。外壁は瀟洒な南欧風。白を基調として、一部が青いタイルで飾られている。

「資料によると、七十五平米もありますから、独身にしては広いですね。結婚する予定でもあるんでしょうか。賃貸でなく持ち家で、価格も五〇〇〇万円くらいはするようです」

香織が説明する。

「へぇ」主水は驚きの声を上げた。「銀行員って若くしてそんな高いマンションが買えるんですね」

「そんなことありませんよ。今は給料も思ったように上がりませんし、勝俣さんは給料以外に収入か財産があるんじゃないですか？」

「普通は、そうですよね。では参りましょうか。勝俣さん、退院してもう一週間もひきこもったままですからね」

主水は、ずかずかとマンションの敷地内に入った。ところがエントランスでは、ガラス製の分厚いドアが入り口を塞いでいた。インターフォンで部屋番号を押して呼び出し、セキュリティを解除してもらう方式になっているようだった。

「勝俣さんのお部屋は、一〇五号室でしたね」

香織がボードを操作し、呼び出しボタンを押す。

「反応がないですね。いないんでしょうか？」

「いないってことはないと思いますが……。退院されてから毎日電話しているんですよ」

主水は眉根を寄せた。

高田通り支店を襲った数々のトラブルの原因を突き止めるためには、勝俣の話を聞く必要がある。

一連の事件は興和菱光銀行の仕業だと考えられるのだが、どういう経緯で勝俣が興和菱光に顧客情報を流出させたのか。興和菱光の悪だくみを食い止めるには、情報の流出元を断たねばならない。その元がおそらく勝俣なのだ。

もう一つ、主水には気になっていることがあった。それは、勝俣が被害を訴えていた煽り運転の件だ。勝俣は、もう営業に出たくないと言うほど正体不明の車に煽られていた。誰が、いったいなぜ、そんなことをしたのだろうか。今回の事件と関係はあるのかどうか。

もしかすると勝俣は、銀行の情報を提供した人間から脅迫されているのではないか。それがひきこもりの原因かもしれない。

「どうしますか、主水さん」

「あちらに管理事務所がありますね。行ってみましょう」

主水は、マンション入り口の脇にある管理事務所に顔を出した。

「すみません。ちょっとよろしいでしょうか」

主水が声をかけると、机に向かって書類にペンを走らせていた管理人が顔を上げた。グレーの作業服を着た、還暦（かんれき）くらいの男だ。黒縁眼鏡（くろぶちめがね）をかけていて、いかにも真面目（まじめ）そうな雰囲気だった。

「はい、なんでしょうか？」

「勝俣清さんをお訪ねしたいんです。私は、第七明和銀行高田通り支店の庶務行員、多加賀主水と申します。こちらは同じ職場の生野香織です。勝俣さんは無断欠勤を続けており、連絡が取れません。安否を確認したいのですが……」

主水は管理人に身分証を呈示(ていじ)した。管理人は、身分証と主水の顔を見比べた。

「勝俣さんね。部屋は一〇五号ですね。ちょっと待ってください」

管理人は事務所から出てきた。

「入り口のセキュリティを解除しますからね」

「申し訳ありません。ところで、最近の勝俣さんの様子に変わったところはありませんでしたか」

主水の問いに、管理人は眼鏡の奥の小さな目を光らせた。

「あまりよく知らないね。私が夜、この管理事務所に泊まっていると、一人でコンビニに買い物に出ていくのを見かけるけどね。以前は、管理事務所に顔を出してくれた明るい青年だったんだけど、最近は知らんふりで」

悲しそうに嘆(なげ)く。

「そうですか……」

こっそりと人目を気にしつつ、夜陰(やいん)に紛(まぎ)れて急ぎ足でコンビニに向かう勝俣の後ろ姿を想像すると、主水は哀れを覚えた。同時に、そこまで勝俣を追い詰めた誰かに対して、激しい怒りも抱いたのである。

「解除しましたよ。勝俣さんにお会いになったら、元気を出すように言ってくださいね。美味い酒を冷やしてあるからってね」

管理人は寂しげな笑みを浮かべた。

「勝俣さんって人気があるんですね」

香織が意外そうな顔で言った。

「何はともあれ、一〇五号室に行きましょう」

主水は急いだ。

「ここです」

香織が部屋番号を指さした。

「中にいますね」

電気メーターが忙しく回っている。灰色のドアの傍にインターフォンがあった。ボタンを押し、主水はドア越しに話しかける。

「勝俣さん、いらしたら出てきてください。どうしても急ぎで教えて欲しいことがあるんです。このまま勝俣さんがひきこもっていたら、事態は悪化するばかりなんです」

中から反応はない。

「私が……」今度は香織が呼びかけた。「勝俣さん、生野です。どうしてもあなたの力を貸して欲しいんです」

やはり反応はない。

その後も何度か呼びかけてみたが、全くの無反応だった。

「勝俣さん、出前を取っているみたいですね」

香織が振り返って主水の顔を見上げた。ドアの下に、中華『来々軒（らいらいけん）』の丼が置かれていた。

「出前が来た時に、強引に開けちゃいましょうか」

香織が提案する。

「とりあえず今日は引き上げましょう」

主水は首を振った。

「もう一度、呼びかけてみます」香織が、インターフォンの送話口に顔を寄せた。「勝俣さん、何があったか知りません。でもみんながあなたのことを心配しているんです。私、勝俣さんの優しさをよく覚えていますよ。窓口で、私が変な客に絡まれていた時、勝俣さんがさっと現われて助けてくれましたね。あの時、カッコいいと思いました。お礼を十分に言えたか分からないので、今、ありがとうって言います。ありがとうございました。お体に気をつけてくださいね」

香織の優しい声が、インターフォンから流れ出し、勝俣の部屋を満たしていく。

その時、インターフォンを通じて、ぐずるような音が聞こえた。

「勝俣さん、いらっしゃるんですね。本当に心配です。あなたのことが心配です」

また何も聞こえなくなった。

「行きましょう。香織さん」

主水が目で香織に合図した。

「今日は、帰りますね。本当に心配しています」

香織は名残惜しそうに言い残し、勝俣の部屋の前から去った。

3

「主水さん、お客様ですよ」

主水がロビーで仕事をしていると、難波俊樹事務課長が背後から声をかけてきた。

「はい、どちらでしょうか」

主水が振り向くと、地元の顔役大家万吉と、主水の見知らぬ女性が立っていた。

「主水さん」大家が手を挙げる。その表情は硬かった。「ちょっといいかな?」

「課長、よろしいですか」

主水が難波に目をやる。

「大家さんの頼みじゃ仕方がありません」

難波は大仰（おおぎょう）に、かけていた眼鏡を指先で持ち上げた。

「バンクン、ちょっとの間、頼みましたよ」

主水は、傍にいたバンクンにロビーの案内を頼んだ。ＡＩロボットのバンクンは、難波よりもよほど頼りになる。

「はい、お任せクダサイ」

バンクンは目のライトを光らせた。

そのつるりとした白い頭をひと撫でしたあと、主水は、大家と女性をロビーの隅の応接ブースに案内した。応接ブースはパーティションで仕切られており、周囲に会話を聞かれる心配がない。

主水は、大家と女性と向かい合うように座った。

「さて、どのようなご用件でしょうか？」

「彼女はご近所の新見綾子さんっていうんだけどさ」大家が眉根を寄せた。「息子さんが、拉致されたんだよ」

「拉致？　どういうことですか、それ。北朝鮮ですか？」

あまり耳慣れない言葉に主水は驚いた。

「私が説明させていただきます」

綾子が主水を真っ直ぐに見つめた。

主水は緊張し、背筋を伸ばした。拉致となると、刑事事件である。事によると、木村刑事にご登場願うことになるかもしれない。いったい何が起こったというのだろうか。

「お恥ずかしながら、息子の清隆は、十年間も自室にひきこもっていました。そこで私は先日、ひきこもりを解決してくれるという自立支援センターなる業者に依頼したんです」

綾子が溢れ出る涙をハンカチで拭った。

「大丈夫かい、綾子さん」

傍らで大家が優しく言葉をかける。

「ありがとうございます。大丈夫です」

綾子は俯(うつむ)けていた顔を上げ、再び主水を見つめた。その目には、もう弱気は見せまいという決意が表われていた。

「彼らはいきなり清隆の部屋のドアを打ち壊して、車に乗せて連れ去っていったのです。今、高田町稲荷の近くにあるアパートに閉じ込められているといいます。支援センターでは社会復帰のために、栄養バランスを考えた食事を用意してくれるという話でしたが、あの乱暴なやり口からすると、食事も満足に与えられていないのではないかと思います。私は依頼したことを後悔して、清隆を返して欲しいとお願いしましたが、拒否されました。五七〇万円もの料金を支払ったというのに」

「五七〇万円もですか！」

主水は、金額の大きさに愕然(がくぜん)とした。

「私は七十近い高齢ですし、清隆も四十になりました。先行きを考えますと、ひきこもりが解決するならばそれくらい支払っても……と思ったのです」

『８０５０問題』という言葉をニュースで見かけたことを、主水は思い出した。八十歳を迎えた高齢の親が、五十歳にもなってひきこもったままの子供の面倒を看るという事態が、現実に起こっている。社会保障費増大などの観点から、解決すべき社会問題であるといわれている。

「綾子さんの悩みは深いんだよ、主水さん。ご主人は、清隆さんのひきこもりに嫌気が差して、十年前から別に暮らしておられる。全くの放置状態で、綾子さん、一人で悩んでこられたんだ」

「分かりました」

主水は気を引き締めた。

「どうにかして、業者から清隆を助け出したいんです。それで大家さんに相談したら、こちらに……」

「契約者である新見さんが契約解除を申し出ているのにできないというのは、おかしいですね」

「……その通りです。違約金を取るとか、まだ回復していないとか、いろいろ言ってきて取りつく島がないんです」

再び、綾子が泣き始めた。

「俺が推測するにさ、奴らは清隆さんに生活保護を申請させて、その上前(うわまえ)をはねるつもりじゃないかな。とことん旨味を吸い尽くした後に放り出すんだ。調べたところによると、清隆さんの他にも何人か、そのアパートに閉じ込められているらしい」

大家が憤慨する。

「つまり私に、その業者のところに行って清隆さんを救い出して欲しいということですね」

主水が大家に確認すると、綾子の方が真っ先に頷いた。

「はい、お願いできるでしょうか？」綾子は、涙を浮かべて必死の視線を主水に向けている。「あの子が連れ出されていく時の、お母さん、助けて！　というあの子の悲鳴が、耳から離れないのです。もう何年も聞いたことがなかったんです。お母さんって……」

綾子の切々とした訴えを聞きながら、主水は、つい先日の夜、中野坂上(なかのさかうえ)の馴染(なじ)みの居酒屋で杯(さかずき)を酌(く)み交(か)わした、ある男のことを思い出していた。

＊

その男は、元よりやや猫背気味の背中を一層丸くして、熱燗をちびちびと飲んでいた。摘まみは、女将特製のきんぴらごぼうだ。

「私が知りたいのは、ひきこもりの人間をどうやったら外に連れ出せるか、ということなんです」

そう言って、主水も杯を傾けた。

その夜、主水が杯を交わしていた相手は、藤野幸太郎――精神科医で、ひきこもり研究の第一人者だった。高田通り支店と取引のある早明大学の教授である。

主水は以前、子ども食堂の運営ボランティアの学生たちに協力したことがあった。藤野は、そのボランティア学生たちの指導教官だったのだ。その縁で、主水と藤野は意気投合し、こうして酒を飲む仲になっていた。主水は、自室にひきこもって出てこようとしない勝俣のことを考え、藤野に相談したのだった。

「ご事情を伺う限り、ひきこもりと言っても、その人は厳密に言えば、ひきこもりじゃありません。出社拒否をしたまま家から出てこないのは、まだわずか一週間なのですよね」

ひきこもりとは、厚生労働省などの定義によれば、

『六ヵ月以上、自宅にひきこもって社会参加しない状態が持続すること』

『他の精神障害がその第一の原因とは考えにくいこと』

という要件が挙げられるという。

「一週間程度のひきこもりは、ひきこもりではありません。とはいえ、もし職場に馴染めないなどといった悩みがあれば、そのままひきこもりになってしまう可能性はあります」

「そうなのですか。てっきり、部屋に閉じこもったままの人は、全てひきこもりだと思っていました」

「ひきこもりというのは職場や人間関係に問題があって困難な状況に置かれた『まともな人』なんです。ストレスに対する防御反応であり、病気ではありません」

藤野は、この居酒屋では珍しく赤ワインを頼んだ。

「チリワインかオーストラリアワインしか置いてないけど、いいかしら」

女将が申し訳なさそうに言うと、藤野は相好(そうごう)を崩した。

「結構ですよ。チリワインの赤なんてコスパ最高ですからね」

「先生、今日はいろいろ教えていただきますので、好きなのを飲んでください」

主水は、清水（きよみず）の舞台から飛び降りる決意で胸を張った。とはいえ、女将が用意したワインは高くてもボトル四〇〇〇円止まりであることは十分に承知だ。

「嬉しいですね」

藤野はチリワインの赤を選んだ。グラスに手酌（てじゃく）で注（つ）ぎ、主水にも勧めた。

「まともな人、ねぇ……」

主水は赤ワインを味わいながら呟いた。

「まともな人だからストレスを感じてひきこもってしまうんです。ですから周囲が、その人をまともな人として、いわば普通に接してあげることが大事ですね」

「ひきこもりから脱出させるために、なにか方法はありませんか」

主水は、分類的にはひきこもりではなくても、今後そうなるかもしれない勝俣をなんとか助けたいと思っていた。

藤野は赤ワインを味わうようにゆっくりと口に含み、飲んだ。

「『傾聴、受容、共感』ではないでしょうか？」

藤野が主水を見つめた。

「耳を傾け、相手を受け入れ、心を同じくする……」

難しげな用語を、主水は自分なりの言葉に翻訳した。

「そうです。相手を責めたり、説教したりせず、相手のありのままを受け入れて、共に苦しみや悲しみを感じることでしょうね。難しいことですが、相手も苦しんでいるんです。悩んでいるんです。決して甘えていたり、なまけていたりするわけじゃないんです。でも暴力だけはきっちりと拒否することですね」

「苦しんでいるんですね」

主水は勝俣の顔を思い浮かべた。

「ですから強引に外に連れ出す、まるで拉致のようなことをする業者に頼むのは論外です。もしそうした場合、ひきこもっている人は、親や周囲から見捨てられたと思い、さらに状態が悪化します」

「ではどうすれば……」

「ひどいことをしたと心から謝り、見捨てたわけじゃないと明言して、抱きしめてあげることですね」

そう言って藤野は赤ワインを飲み干し、再び手ずから注いだのだった……。

＊

「承知しました。一緒に行きましょう」

主水は立ち上がった。

内閣府の調査によれば、全国のひきこもりの総数は「一〇〇万人以上」となっているが、実際は二〇〇万人以上いると推定される――藤野はそう言った。いずれ、一〇〇〇万人にも達するだろうと。

それだけ多くの人が苦しんでいるというのに、カネ儲けに利用する連中がいるとしたら、許すわけにはいかない。

「さすが、主水ちゃんだ。頼りになる」

主水は、清隆を救うことが、勝俣を救うことにも通じるような気がしていた。

大家が喜んだ。

「よろしくお願いします」

綾子も立ち上がった。

「ところで、立ち入ったことをお訊きしますが、御主人は今どちらに？」

主水は、その点だけはあらかじめ訊いておかねばならないと思った。ひきこもりは家族の問題であるからだ。

「……主人とは離婚こそしておりませんが、先ほど大家さんがご説明したように、もう十年も離れて暮らしております」

綾子は言いにくそうに答えた。

「原因は清隆さんなんですね？」

主水の質問に、綾子は弱々しく頷いた。

主水は、清隆の心中を想像した。十年前に父に捨てられ、今度は母に捨てられた……そう思っているかもしれない。

監禁されているアパートから連れ出したとしても、綾子との関係が順調になるだろうか。

「新見さん、お願いがあります」

主水は綾子に真っ直ぐ向き合った。

「はい、なんでも仰ってください」

綾子は真摯な目で主水を見つめた。

「私の知り合いに、藤野幸太郎という精神科医がいます。早明大学の教授です。

清隆さんを連れ出したら、彼の診察を受けてくれませんか？」

「ぜひご紹介ください。そのようにいたします」

綾子は何度も頷いた。

不測の事態に備えて、主水は高田署の木村刑事の協力を得ることにした。

木村は主水から連絡を受けると「許せねぇ奴らだ」と持ち前の正義感を発揮し、救援に向かうと約束してくれた。

4

「ここだな」

木村が、高田町稲荷神社裏手の高台にあるアパートを指さした。

アパートは二階建てで、プレハブ造りの簡素なものだった。『大松(おおまつ)建設所有地』という看板が立っている。建設会社が作業員の居住用に建てたアパートかもしれない。少なくとも外観は、ひきこもり自立支援センターという名前には、あまりそぐわない。

「新見さん、ここでいいんですね」

主水が綾子に確認した。

「はい。このアパートです」

「ここは以前から、いったい誰が住んでいるんだと不審情報があったアパートだ。人の出入りが多いし、夜中に騒ぐ声がするらしい」

木村が吐き捨てた。

「清隆のような人が何人か監禁されているんではないでしょうか」

綾子が怯えたように声を震わせた。

「清隆さんの部屋は、何号室ですか」

主水が訊く。

「二階の五号室だと聞いています」

綾子が鉄製の階段の先を指さした。

「管理人がいるはずだが……」

木村が誰にともなく呟いた。

「管理人は、一階の端の二号室にいると思います。そこが事務所になっていました。呼び出されて、書類を書かされたことがあるんです」

綾子が言った。

「では行ってみましょうか」

主水は木村たちを促し、アパートの敷地内に入った。

すると、事務所になっている部屋のドアが開き、中から男たちが出てきた。人数は五人。いずれも屈強な男たちだ。

「何の用だ。勝手に入ってきやがって」

リーダーと見られる男が声を荒らげて、一歩前に出た。主水は男の威嚇など素知らぬふうで、視線を上に向けた。アパートの二階の軒先に、監視カメラが設置してある。あれで出入りする人間を監視しているのだろう。

「高田署の者だ」木村が警察手帳を見せた。「あそこにいる人から訴えがあってな。息子さんがここに監禁されているから助けて欲しいってな」

木村が、背後に控える綾子を指さした。

するとリーダーはせせら笑った。

「監禁なんかしていないよ。何を言っているんだ」

「いずれにしろ、ちょっとアパートを全戸調べさせてもらうから鍵を貸してくれ」

木村が手を差し出す。

「そっちの連れは誰だ」

リーダーが主水に向けて顎をしゃくった。

「私は、第七明和銀行高田通り支店の庶務行員、多加賀主水と申します」

主水は恭しく頭を下げた。

「銀行の庶務行員？　そんな奴がなんでここにいるんだ。関係ねぇだろう」リーダーが凄む。「こいつ偽刑事だな」

「偽者じゃない。ぐずぐず言わずに鍵を寄越せ」

本物の刑事の顔を覗かせて木村が迫る。

「令状があんのかよ。個人の財産を勝手に捜査できないはずだ。財産権の侵害だ」

リーダーが怒鳴る。

「ぐずぐず言うんじゃない」

言い返す木村は、苦渋の表情を浮かべていた。ここに来たのは主水からの依頼であり、公務ではない。法的には、リーダーの言う通りなのだ。

「やっぱり偽刑事だ。やっちまえ」

リーダーが、手下の男たちに命じた。

「しょうがねぇな。主水ちゃん、やるか」

木村が苦笑した。

「やりますか」

主水は軽く頷いた。

男たちが主水と木村を取り囲み、腰に下げていた警棒を握って、構えた。

「キェーッ」

男たちが一斉に警棒を振りかざし、主水たちに襲いかかった。

主水は警棒を巧みに避け、一人の男の腕を摑み、自分の体をくるりと反転させる。その勢いで男の体が宙を舞った。

「ウーン」と唸って、男が気絶した。

「一匹」

主水が指を一本立てる。

「やるね。主水ちゃん」

木村がにんまりする。

その木村に、めったやたらと警棒を振り回す男の影が迫っていた。見るからに腰が引けている。木村を恐れている様子だ。

「おい、へっぴり腰野郎！　ワッ」

木村が両手を大きく挙げ、男に向かって一歩踏み出す。「アッ」と男が後退りする。木村はその瞬間を見逃さず、警棒を持った男の腕を摑むと、ぐっと自分に引き寄せ、鳩尾に拳を強かに打ちつけた。

「ウッ」と男は呻き、白目を剝いてうつ伏せに倒れた。

「二匹」

木村が不敵な笑みを浮かべた。

「キエーッ」「ウォーッ」

残った二人の男が同時に警棒を振り上げて、主水と木村に襲いかかった。

主水と木村はウインクを交わし、振り下ろされた警棒をすばやく避ける。目の前から突然、二人が消えてしまったため、男たちは前のめりにたたらを踏んだ。

主水は男の腰のベルトを摑んだ。木村は、もう一人の男の腰を抱えた。

「一斉の、セーッ」

主水と木村が掛け声を合わせ、男たちの体をまるで振り子か鐘つき棒のように振り、双方の頭と頭をぶつけた。ゴンッという鈍い音がし、男たちは悶絶した。

「三匹」

木村がにやりと笑うと、

「四匹」

と主水も淡々と続けた。

残るはリーダーただ一人となった。

主水と木村は、リーダーにじりじりと近づいた。リーダーは、呻き声を上げて地面に倒れる四人の手下に目をやった。

「降参だ。部屋を開けるから」

観念したように、リーダーはポケットから鍵を出した。

「案内してくれ、任意で開けるんだ」木村が言った。「まず二階の五号室からだ」

主水の背後には不安そうな表情の綾子が立っていた。

リーダーを先頭にして、主水、木村、綾子が階段を上り、五号室に向かう。

「開けろ」

木村が命じた。綾子が主水の前に進み出る。

リーダーがドアを開けた。その直後、居ても立ってもいられないといった様子で、綾子が飛び出す。

「清隆！　ごめん、許して」

綾子は叫びながら、室内に飛び込んだ。

「お母さん！」

ベッドを椅子代わりにして座っていた男が、跳ね上がるように立ち上がった。

「ごめん、許して、清隆」

綾子は男にしがみつく。

「お母さん、助けにきてくれたんだね。ありがとう」

清隆は目に涙を溜めて、綾子の背中をさすっていた。

主水は、母子二人の姿を見て、今後は互いをいたわり合う関係になるのではないかと期待を抱いた。

「さあ、他の部屋もみんな見せてもらおうか。正式に捜査令状も取るからな」

木村はリーダーに告げた。リーダーは力なく肩を落とした。

＊

木村から、捜査の結果について連絡があった。彼らは自立支援センターと名乗り、ひきこもりの人ばかりでなくホームレスなどをあのアパートに収容監禁し、生活保護費や年金などを受け取らせ、それを搾取していたことが判明した。警察は、拉致監禁、および年金詐取などで摘発する考えだという。

「ところで主水ちゃん、あんたの銀行に勝俣清という人がいるか」

木村の口から意外な名前が出され、主水の心臓の鼓動が激しくなった。まさか勝俣が彼らの犯罪に加担していたのだろうか。

「……います」

「そうか、よかった。間一髪というところだったよ」

「と、言いますと」

「奴らの事務所に『拉致監禁計画』という書類があった。その中に、勝俣清の名前があったんだ。依頼主は匿名だけど。居住地のマンションの地図や内部の様子など、かなり具体的な計画が立てられていた。計画書の欄外には『大仕事』とメモ書きがあったから、それなりのカネが流れているんだろう。いずれにしてもホームレスやひきこもりを拉致して、年金を詐取する、いわば貧困ビジネスの典型だよ。許せねぇ奴らだ」

木村は、怒りを露わにした。

「まさに間一髪だった……」

主水はほっと胸を撫で下ろした。

5

夜は深かった。コンビニの蛍光灯の明かりだけが、辺りを白々と照らしている。

コンビニに入ろうとする勝俣の背中に、主水は声をかけた。

「勝俣さん」

勝俣は驚き、警戒するように振り返った。

「主水さん……」

「みんな心配していますよ」

主水は優しく笑みを向けた。

「すみません……」

警戒を解いた勝俣は、力なく答えた。

「いいんですよ。みんなが待っています」

「主水さん、中に入りますか。一緒にカップラーメンでも食べませんか」

「食べましょう」

主水は勝俣と並んで店内に入った。

藤野から言われた「傾聴、受容、共感」の言葉を、主水は頭の中で繰り返していた。とにかく勝俣の話にじっくりと耳を傾けようと思った。

イートインコーナーにカップラーメンを置いて、主水と勝俣は横並びに座った。容器から湯気が上る。

「いただきましょうか?」

しばらくの沈黙の後、主水は割り箸を割った。

「ええ」勝俣が、麺を啜った。「馬鹿でした。私……」

主水も麺を啜った。温かいスープの絡んだ麺が、冷えた体を温めてくれる。主水は何も言わず、勝俣が話すままにした。

「カネに困っていました。結婚するつもりでマンションを買ったのですが、分不相応でした。結婚も流れてしまいまして……。情けないですよね」

勝俣が寂しげに鼻をぐずらす。

主水は、ただ小さく頷くだけだった。

「ある時、気晴らしに新宿のキャバクラに行きました。結婚が流れてから、その店には何度も行きました。少しヤケになっていたんだと思います。言い訳ですけどね。その店の店長と親しくなって、ある男を紹介されたんです」

勝俣は音を立てて麺を啜り、スープを飲んだ。

主水は箸を置き、勝俣の顔を見つめた。

「紹介された男は、身分を明かしませんでしたが、蘆沢(あしざわ)と言いました。なかなか恰幅(かっぷく)のいい紳士でした。名字だけで名前も職業も言いません。蘆沢の要望は、第七明和銀行の個人情報を欲しいということでした。それもできるだけ、支店の現場に密着した詳しい情報をということでした。当時、私は検査部にいたのですが、蘆沢はそのことも、カネに困っていることも、キャバクラで散財していることも、全て把握(はあく)していました。私は、個人情報を聞き出してどうするのかと訊きました。すると彼は、ちょっとしたビジネスだよと答えました。ぞっとするような寒々しい笑い顔でした」

勝俣も箸を置いた。カップから立ち上る湯気が、勝俣の顔にかかる。まだ全部、食べ終えていないのだ。

「蘆沢から提示された情報提供料は一〇〇万円でした。私は、了承しました。情報は、メールで蘆沢に送りました。アドレスはこれです」

勝俣はスマホからアドレスを呼び出し、主水に見せた。主水は、それを自分のスマホで写真に写した。

「本当に馬鹿でした。個人情報を無断で売却するのは犯罪だと分かっていたのに、カネの誘惑に負けたのです」

勝俣は、気の抜けたような表情で遠くを見つめた。

「勝俣さんは、自分が提供した情報で取り付け騒ぎが起きたと思ったのですね」

主水がようやく口を利いた。

「ええ……。蘆沢がちょっとしたビジネスと言っていたのは、第七明和銀行を追い詰めることだったのですね」

「しかしあなたは脅されていて、告発したくともできなかったわけですね」

「どうしてそれを……」

勝俣は驚き、言葉に詰まった。

「謎の車に煽られていたでしょう。あなたは告発しようものなら命を狙うなどと脅迫されていたのではないですか？　蘆沢というのはおそらく偽名ですが、一連の事態を見ると、興和菱光銀行の手の者に違いありません。あなたの告発によって興和菱光銀行とのつながりが発覚してしまう。そのことを恐れた蘆沢があなたを脅すために車で煽っていたのでしょう」

「主水さんの言う通りだと思います。古谷支店長に呼び出された時も、蘆沢に相談したらあんなことに……。もうやめてくださいと蘆沢に頼みましたが、聞く耳を持ってくれません。それで私は、罪の意識と恐怖から、自殺未遂を起こしてしまいました」

「お辛かったでしょう」

「主水さん、私を責めないんですか?」

「責めてどうなるんですか。勝俣さんは、過ちに気付いて、蘆沢にちゃんとやめろと言われた……。その勇気こそ称賛されるべきです」

「許してください……」

勝俣は目を潤ませ、声を震わせた。

「私は、本気で怒っています。最も悪いのは、勝俣さんの心の隙間に入り込んで、悪事を働いた者です。蘆沢という男が何者か突き止めて、必ず成敗してやりましょう」

主水は勝俣を励ますように、声に力を込めた。

「協力させてください」

「勝俣さんの協力なしには成敗できませんよ」主水は言い「さあ、冷めないうちに食べてしまいましょう」と箸を持った。

「はい……」

勝俣は笑みを浮かべた。

これでもう勝俣がひきこもってしまうことはないだろうと、主水は確信した。

とはいえ明日、出勤したら、古谷支店長や笹野課長から厳しく追及されることは免(まぬが)れないだろう。彼らが、勝俣の心に寄り添うことはない。

それに、勝俣をこのまま自宅に帰したら、主水に全てを告白した虚脱感から再び自分を責め、自殺などの不測の行動に出る可能性も皆無(かいむ)ではない。

勝俣の『拉致監禁計画』の件も、まだ油断はできない。今回は偶然にも未然に防ぐことができたが、これで『蘆沢』なる人物と興和菱光銀行との繫(つな)がりが明らかになれば、問題は第七明和の行内のみならず、興和菱光銀行にまで飛び火し、大火になる可能性がある。『蘆沢』はそれを絶対に阻止したいはずだ。どんな手を使ってくるか知れたものではない。

――なんとかしなくては。

主水はその夜、勝俣を自宅に泊めることにした。

「勝俣さん、今夜は私の家に泊まりませんか。一緒に語り明かしましょう」

主水の誘いに、勝俣は安堵したような笑みを浮かべた。

6

電話口から姉の綾子の弾んだ声が聞こえてきて、芹沢は束の間ホッと息をついた。

「姉さん、良かったね」

「まだどうなるか心配だけど、清隆が部屋から出てきて、私と一緒に食事をしてくれるようになったのよ」

綾子は心から喜んでいるようだった。一人息子の清隆のひきこもり問題で、かれこれ十年もの間ずっと悩んでいたのだ。夫の新見とは実質的に離婚状態で、全く頼りにならないから、なおさらである。

「今はね、ひきこもり問題の第一人者である藤野幸太郎先生のご指導で、清隆が少しずつ人と交わるようになってきたのよ。とにかく時間をかけてじっくり対応するわ。心配かけて悪かったわね」

「本当に良かった。何か応援できることがあれば何でも言ってね。遠慮はなしだよ」

「大丈夫よ。主水さんがついているから」

「主水？」芹沢は、綾子の口から飛び出した意外な名前に驚いた。「誰？」

芹沢は胸騒ぎを覚えた。

「第七明和銀行高田通り支店の庶務行員さん。多加賀主水さんというのよ。清隆のことで相談したら親身になって解決してくださったの。なにもかもあの人のお陰。私にとって神様のような人なの。あなたからも一度、お礼を言って欲しいわ」

多加賀主水が、綾子にとって神様のような存在だとは……。芹沢は言葉に詰まった。

「大丈夫？　聞いてる？　多加賀主水さんよ。忘れないでね」

綾子の喜びに溢れる声が芹沢の耳元でリフレインする。

「ああ、忘れない……。お礼をするからね」

芹沢は電話を切った。

7

朝から主水は忙しく動いた。まず勝俣の供述内容を、本店の吉川頭取や新田秘書室長に報告した。そして吉川から直々に古谷支店長に連絡を入れてもらった。

——勝俣を責めないで、受け入れること。勝俣の行なった、金銭を媒介とした他者への情報提供はれっきとした犯罪であり、解雇に相当する事案ではある。しかし、勝俣は大いに反省しており、真相究明に勝俣の協力が必要なこと、そしてなによりも勝俣の精神状態がまだ落ち着いていないことなどから、必要以上の刺激を与えることは得策ではない……。

吉川から直々に依頼された古谷は恐縮し、課長の笹野にも厳命した。もし勝俣を怒鳴りつけるようなことがあれば「即刻クビだ！」とまで言ったのである。

笹野は顔を引き攣らせて「分かりました」と応じた。

こうして、主水の根回しの甲斐もあり、勝俣の職場復帰は順調に推移した。

「それでその『蘆沢』という男の正体は、まだ判明しないの」

高田通り沿いの『カフェ・プルミエ』で、玲が深刻な表情で訊いてきた。彼女は金融庁総合政策局の審議官、冨久原玲である。

「今、調査中だよ」主水は敬語を使わずに答えた。「勝俣さんに『蘆沢』を紹介したキャバクラの店長や、勝俣がやりとりしたメールや電話の履歴。それらを調べていけば、興和菱光銀行に関係する人物にぶち当たると考えている」

「事は急を要するわよ。金融庁担当副大臣の山下が、長官の遠井に第七明和銀行と興和菱光銀行の合併を急がせろと指示したから。私自身は、金融を効率化するためなら合併も有り得べしと考えているけど、こんな汚いやり方をする興和菱光銀行を、金融界の盟主にはしたくない」

玲は、決意に満ちた表情を浮かべた。

「同感だよ。人を人とも思わない連中に銀行を経営させるわけにはいかない」

主水も怒りを込めて答えた。

「主水さん」その時『カフェ・プルミエ』主人の紀平が歩み寄ってきて、主水に声をかけた。「こちらの方が、用があるって」

「私に？」

紀平の背後に、見知らぬ男が立っていた。険しい表情をしている。

「玲、お前、やはりこんなところで男と会っていたのか」

突然、男が紀平を押しのけた。その勢いで紀平はふらふらと倒れそうになり、慌てて近くのテーブルに手をついた。

「あなた！」

玲が叫んだ。

主水は心底驚いた。あなた？ まさか、この男が玲の夫？

「こんなところで男と会いやがって。お前のことが怪しいと睨んで、ずっと尾けていたんだ」男は顔を歪めて、怒り心頭に発した様子で玲を睨みつけている。

「紹介するわ、主水さん。私の夫、山下慎太郎よ」

「初めまして。多加賀主水と申します」

主水は努めて冷静に頭を下げた。

その途端、山下は主水の胸倉を摑むと、満腔の怒りをこめて怒鳴った。

「お前か！ 玲の不倫相手の男というのは！」

主水は困惑し、助けを求めるように玲を見つめた。

「あなた、やめて！」

玲が山下の腕に取り縋り、男二人を引き離そうとする。

「今日という今日は許せない。こんな奴と不倫しやがって！」

山下は、ますます力を込めて主水の首を絞め始めた。

その時だ。

「いい加減にして！」

玲の声とともに「パシッ」という乾いた音が店内に響いた。

山下の手が主水から離れ、玲に叩かれて少し赤くなった右頬に当てられた。

「お前……。私を殴ったな」

山下は目を瞠り、驚きとも憎しみともつかぬ表情で玲を見つめている。

「尾けてきたなんてストーカーみたいなこと、やめてください」

玲が力強く言いきった。

「夫をストーカー呼ばわりするのか！」

山下の怒りが玲に向けられて爆発し、手が上がる。しかし玲は、殴られるより早く両手で山下の身体を押した。

「ああっ」

情けない悲鳴を上げて山下がよろけ、そのまま尻を床に打ちつけた。鈍い音がした。

「あなたとは、もう終わりよ」

玲は、尻餅をついたままの山下に向かって言い放った。玲は、息を弾ませてはいたが、表情は冷静そのものだ。

「玲……」

山下が、今にも泣き出しそうな顔で妻を見上げている。

――この男が玲の夫だとすると、金融庁担当副大臣じゃないか。面倒なことにならなければいいが……。

主水は表情を曇らせ、無言で山下を見下ろしていた。

第六章　憤怒！

1

総務部長の芹沢勇は、清河七郎頭取に会うべく頭取室に駆けつけた。

しかしノックして部屋に入ろうとしたところで、昨夜、姉の綾子が見せた笑顔が思い浮かび、ふいに芹沢の手が止まった。

綾子と芹沢は、たった二人だけの姉弟だ。突然の交通事故で父母を亡くしたのは芹沢が八歳、綾子が十一歳の頃だった。二人は祖父母の家に引き取られた。祖父母は優しい人だったが、なにせ貧しかった。そのため芹沢は、いつも飢えていた。あまりの空腹に堪えかね、駄菓子屋の菓子を万引きしそうになったことがあった。その時、芹沢の手をピシッと叩いて止めてくれたのが綾子だった。

どんな時でも二人で協力して、正しく生きよう。それが亡くなった父母への約束だと歯を食いしばって努力してきた。

お陰で芹沢も綾子も大学進学を果たし、芹沢は興和菱光銀行という世界的な銀行で重要なポストに就くことができた。一方の綾子も大企業に勤務するエリートと結婚し、幸せな家庭生活を送るはずだったのだが……。

一人息子の清隆がひきこもりになってから、綾子の家庭のリズムが狂い始めた。夫は家を出ていってしまい、実質的に夫婦関係は破綻した。綾子は、一人で清隆と過ごすことになった。

芹沢は、かねてより綾子のことを心配し続けていた。ひきこもりの効果的な解決策がないものかと模索したこともあった。苦悩の甲斐はなく、全ては徒労だった。

ところが昨日、驚くべきことが起きた。

綾子の自宅に招かれた芹沢は、綾子と清隆が向かい合って楽しく食事をする光景を見たのだ。じつに十年ぶりのことだった。長くひきこもっていた清隆は色白で、多少やつれてはいたが、その明るい笑顔からは、中年っぽさを感じさせない爽やかな印象を受けた。

「叔父さん、ご心配をおかけしました。申し訳ありません。これからは母を助けて生きていきます」

綾子の隣に並んで座った芹沢に、清隆は真面目な顔で、そう言ったのだ。

芹沢は目を瞠った。そして傍らの綾子に視線を向けた。綾子は微笑みながら、大粒の涙を流していた。芹沢もつられて「よかった、よかった」と連呼しながら、号泣してしまった。今までの綾子の苦労が思い出され、それが涙の川となって流れ出していた。

「あの人に相談しなかったら、このような喜びの日は来なかった。あなたもぜひ主水さんにお礼を言ってね」

今の幸せがあるのは、多加賀主水さんに相談したからだ――と綾子は言った。主水は、清隆のために精神科医を紹介するなど、支援を惜しまなかったという。それも無償の支援だ。主水にはなんの得もない。あらゆる物事に見返りを求め、利益に換算しようとする今の世の中に、そんな人間がいるのだろうか。信じられない思いだった。

「勇、覚えてる？」

綾子が訊いた。優しいまなざしだった。

「なに？」

出し抜けの問いに、芹沢は首を傾げた。

「おじいちゃんおばあちゃんと一緒に暮らしていた家の隣に、おばさんが住んでいたでしょう？」

「あまりよく覚えていないな」

祖父母はすでに十数年前に他界していた。今さら言われても思い出せない。芹沢は困惑した。

「冷たいのね、勇は。よくおかずを作って持ってきてくれたじゃない。たくさん作りすぎたから余ったって。でも、今になって考えると、あのおばさんはご主人と二人暮らしだった。おかずをたくさん作る必要がなかったはずなの」

「だったらなぜ作りすぎたのかな」

「きっと私たちのためよ。遠慮なく食べてもらいたくて、そんなことを言ったのよ。押しつけがましくないようにね。主水さんも、そういう人なの」

芹沢は、一瞬、少年時代に戻った。ひもじかった時、お腹いっぱいに食べた肉じゃがやハンバーグの味が、舌先に蘇ってきた。あれは隣のおばさんが作ったものだったのだ。主水とは、あの隣のおばさんのような存在なのか。見返りを求めない行為をする男……。

一方の、自分はどうだろうか。

芹沢は、我が身を振り返った。興和菱光銀行に入行して以来、絶対に出世してやるという強烈なハングリー精神を発揮し、あらゆることで他の行員に負けないように頑張りを見せてきた。その熱意を清河に見込まれ、汚れ仕事を一手に引き受けることで、ここまで出世した。賄賂、女、偽情報など、清河に認められたい一心で、清河が求めるありとあらゆる不正に手を染めてきた。

正しく生きよう――綾子と交わした誓いとは全く反対のことを、数多く行なってきた。そしてそれは今も続いている。

頭取室のドアノブを握る手に思いがけず力が籠もっていることに、芹沢は気づいた。自分自身の生き方に対する怒りが、手に伝わっていた。見返りを求めない無償の男に対して、自分はあまりにも恥ずかしい生き方をしているのではないか……。

2

高田通りの焼肉店『ニュー・ソウル苑』の経営者キム・ドンジュは、通りを眺めてため息をついた。すると同時に怒りが込み上げてきた。

せっかくヘイトスピーチデモが収まったというのに、今度は謎の新型ウイルスの感染拡大防止のため、外出や宴会の自粛モードが広がったのだ。

学校は一斉に休校になるし、企業もテレワークに移行し、社員が出勤してこない。これでは商店街が賑やかになるわけがない。

どこの飲食店でもキャンセルが続出しているという。キムが怒っているのは、何もかもが泥縄で、突然だったからだ。

矢部首相は、やれることは躊躇なく決断し、実行すると言う。政府の態度が突然、危機モードになってしまった。それまでは世間が騒いでも、大した対応をしてこなかったというのに……。

わき見運転をしていて、目の前にトラックが現われたので驚いて急ブレーキを踏んだようなものだ。これでは運転手はもとより、助手席の人間まで前方へ飛び出してしまう。シートベルトをしていなかったから被害は甚大だ。

政府には、できれば早め早めに手を打ち、影響を受ける業者に対して準備期間を設けて欲しかった――とキムは思う。キムの店では通常どおり仕入れた食材が大量に余ってしまっている。大損害だ。いったいいつまでこの状態が続くのかと思うと不安が募り、それが次第に怒りに変わっていく。しかし、何に対して怒っていいのかも分からない。政府にか？　ウイルスにか？

「キムさん、大変だな。商店街はゴーストタウンだよ」

高田町の顔役、大家万吉が道を歩いてきた。

「ほんとです。これでは赤字になってしまいます」

「キムさんの店ばかりじゃなくて、商店街の店が軒並（のきな）みだよ。客が並んでいるのは『マスクあります』とパネルを出したドラッグストアと、トイレットペーパーを店頭に並べたスーパーだけだ」

「マスクの奪い合いとか、トイレットペーパーの買い占めとか、嫌なニュースばかりですね」

「公園のトイレからトイレットペーパーを盗んでいく奴までいるらしい。日本人も浅ましくなったものだ。他人の迷惑を考えないのかね」

「本当ですね。こんな時だからなにか元気になることを企画したいですが、イベントは軒並み中止ですからね」

　キムは肩を落とす。

「まあ、何はさておき焼肉をいただこうかね。私一人じゃ、焼け石に水だろうけどな」

そう言って、大家が店に入った。

「いやぁ、助かりますよ。できるだけサービスしますから、十人前くらい食べてください」

大家の思いやりに触れて怒りが薄れ、キムは笑みを浮かべた。

「そんなに食べられないよ。あははは」

大家が快活に笑う。

「大家さんの笑い声を聞いたら、少し元気になりました」

早速キムはキッチンに戻り、調理を始めた。

3

坪井エリは、ハンドバッグの輪郭(りんかく)をなぞるように触り、中に忍ばせた果物ナイフの感触を確かめた。

行員食堂の外にまで、良い匂いが漂ってきていた。午前十一時半。窓口業務など交代制で早めに昼食を摂(と)っている人もいるが、本格的な昼休みの喧騒(けんそう)はまだ少し先だ。

なんとしても、椎葉雄介に一刺しを加えたい。エリは、その一心に支配されていた。

始まりは一通のメールだった。

——第七明和銀行高田通り支店に勤務する大久保杏子の名前を騙って、リスク判断ができない高齢者に保険を売り込め。さもなくば、椎葉との不倫をばらす。

銀行員としては当然、他人の名前を騙るなどという不正行為の指示を唯々諾々と受けられるものではない。エリも当初は「そんなことできません」と抗弁した。しかし、返ってきたメールは一方的な内容だった。

——これは不正ではない。興和菱光銀行のためだ。だからやり遂げるのだ。椎葉との不倫をばらされたいのか。

恐ろしくなったエリは、椎葉に相談することにした。椎葉に判断を預けたのだ。彼がやれと言うならば、やるつもりだった。しかし本心では、やるなと言って欲しかった。椎葉なら、絶対に止めてくれるはずだ。どんな理由であろうと、エリを不正に巻き込ませようとするはずがない。

椎葉の答えは、意外だった。

——やるべきだ。君にしかできない。

なぜ？　と不審に思わないわけではなかった。しかし椎葉が強く言う以上、やらねばならないとエリは決意した。興和菱光銀行が了承済みのことなのだろうと思ったのだ。そうでないと、椎葉がこれほど強く実行を促すとは思えない。

確かに、先日は第七明和銀行を狙い撃ちするような高金利預金の募集も行なわれていた。今回も、それと同じように第七明和銀行を追い詰める作戦の一環なのだろう。

そしてエリは、不正な外貨建て保険の営業を実行した。

大きなトラブルになった。第七明和銀行から抗議を受けたのは当然だが、興和菱光銀行内で、エリが単独の首謀者として処分されてしまったのだ。営業から外され、内部事務に担当替えさせられた。その上、給料のカットまで……。エリは、裏切られた気がした。

許せない。

エリは椎葉に助けを求めた。ところが椎葉は助けてくれるどころか「不正をやるような女性だったのか」と手のひらを返したのだ。

——あなたとの関係をばらすと言われたからやったのに。

——君とは無関係だ。過去も、これからも。

椎葉は冷たく言い放った。エリは無残にも捨てられてしまったのである。

はたと、エリは気づいた。あの謎のメールは、椎葉から送られたものだったのではないか。支店長やその上の立場の人までが、全て承知の上でのことだったとしたら。椎葉は、先日の人事で営業課長から本店営業部の次席への異動が決まった。間違いなく栄転だ。エリは処分を受け、椎葉は栄転。エリとの不倫関係を問題視しないことと引きかえに、エリに不正をやらせたのではないだろうか。「あの女を言う通りにさせたら、お前の出世を約束する」とか何とか……。

エリは怒りに体を震わせていた。今日、この場所で全てを決着させる。ここで待っていれば、椎葉がやってくる。彼はこの時間、いつも一人で、食堂に行くためにこの廊下を通るのだ。

廊下の角から椎葉の姿が現われた。胸を反らせ、いかにも横柄そうに歩いてくる。エリの体に緊張が走った。

エリは椎葉を睨んだ。ハンドバッグの中に手を入れ、ナイフの柄を摑む。その手に力を込めた。

椎葉がエリの存在に気付き、気まずそうに表情を歪める。あれほど激しい逢瀬を重ね、妻と別れるから結婚しようとまで言った男なのに、今ではエリのことを穢れたものを見るかのような目つきで見ているのだ。

引き返したり、とどまったりするのが恥ずかしいと思ったのか、それでも椎葉は足取りを変えなかった。エリとの距離がどんどん縮まっていく。ナイフを握るエリの手が汗ばむ。椎葉が接近した一瞬を狙って、さっとナイフを取り出し、椎葉の体に突き刺せば、それで全てが終わるのだ。

あと五メートル。四メートル。三メートル……。手が汗でぬるぬるとする。鼓動が激しくなる。目が充血してくる。息が荒くなる。

「やぁ」

椎葉がぎこちなく笑いかけてきた。

今だ！

「いろいろ世話になったな。今度、本店に行くことになったんだ。まぁ、またよろしくな」

椎葉は酷薄な笑みを浮かべて食堂へと入っていく。

エリは硬い表情で椎葉を見つめ、ハンドバッグの中で握っていたナイフの柄を放した。その場に頽れそうになった。続々と食堂に集まってくる他の行員の手前、なんとか踏ん張ると、慌ててトイレに駆け込んだ。便器の蓋を開けるや否や、顔を埋めるようにして胃の内容物を吐いた。吐き気はとめどなく何度も襲ってきた。経験したことのない極度の緊張に、胃が痙攣を起こしたのだ。

胃の内容物はすっかり吐き出されたが、自分を捨てた椎葉と興和菱光銀行に対する怒りは、まだ胃壁にべっとりと張り付いたままだった。

「主水さん……」

エリは、苦しみと悲しみの中で、なぜか自分の不正を摘発した第七明和銀行の庶務行員、多加賀主水の名前を呼んでいた。

4

「おお、バンクン、主水ちゃんはいる？」

警視庁高田署の刑事木村健が支店に入ってきて、ロビーで接客に当たっていたAIロボットのバンクンに訊いた。木村の後ろには、革ジャン姿の男が肩をすぼめ、項垂れて付き従っている。

バンクンは、もはやすっかり正規行員と同じ、否、それ以上の働きをしている。

ちょうど今も、胸部に取り付けられたパネルに金融商品の紹介を映し出し、客の質問に丁寧に答えていたところだった。

「ちょっとあんた、私がバンクンと話しているんだから割り込んでこないでよ」

バンクンとの会話を邪魔された高齢の女性が、木村を睨んで抗議する。バンクンの人気は高い。特に年配の客が話しかけたがるのである。

「すまん、すまん。急いでいるんでね、おばちゃん」

木村が悪びれることなく言う。

「なにがおばちゃんですか。失礼な」

女性客が、目を剝いて木村に向き直る。

「まあまあ、喧嘩(けんか)はやめてクダサイ。木村サンも失礼ですヨ」

「すみませんね。急いでいたんでね」

木村が女性客に謝る。

「あら、バンクンとお知り合い？　バンクンがそう言うなら仕方がないわね。言葉遣いには気をつけてね、おじさん」

女性客は眉根を寄せた。

「はいはい」木村が頭を搔く。「ところで主水ちゃんは？」

「さっき課長と話していましたが、きっとすぐ参りマス」

バンクンの言葉が終わらないうちに、主水がロビーに現われた。

「木村さん、ご苦労様です」

木村の姿を認めた主水が挨拶(あいさつ)する。

「主水ちゃん、許してやってくれるか？」

「許すって、いきなりどうされたのですか？」

「こいつのことだよ」木村が振り返った。木村の背後に控えていた男は、体を縮めて申し訳なさそうに一歩前に進み出る。その目は縋るように、上目遣いで主水を見つめていた。

「どちら様でしょうか？」

主水の顔に戸惑いが浮かんだ。

「こいつは、これ」

木村がカメラを構える格好をしてみせた。

「あっ」

主水は目を見開き、小さく叫んだ。

「気が付いたか？」

木村の言葉に、男がますます体を縮こめる。

「はい、気が付きました」

金融庁総合政策局審議官の冨久原玲との会食後の様子を不倫の証拠写真として
でっち上げようとした、あの時のパパラッチだ。主水は得心した。しかしなぜ、
そのパパラッチが木村と一緒にいるのだろうか。

「こいつさ。江川祥太(えがわしょうた)っていうカメラマンなんだけどさ。カメラマンだけじゃ
食えないんで、俺が情報屋として使ったり、捜査で必要な奴の写真を撮らせたり
しているんだ」

木村の説明に男の目が忙しく動き、主水の反応を探っている。

「私の写真を捏造してバラまいた人ですね」

主水は江川を睨みつけた。江川は首をすくめる。

「そうなんだよ」

木村が江川の頭を拳でコツンと殴る真似をしてみせた。江川が顔をしかめる。

「どうしてそんな人がここに……」

「ちょっと場所を変えてもいいか」

「ええ、じゃあ、あちらで話を聞きましょう」

主水は、二人を応接ブースに招いた。ロビーはバンクンにお任せだ。バンクンの働きはまさしく人間以上である。頼もしい限りだ。

主水は、木村と江川に向かい合って座った。

「昨日、こいつと飲んだんだよ。そしたらさ、馬鹿な仕事をしたって言うんだ。詳しく聞いてみると、なんと主水ちゃんに関わることじゃないか。それで謝罪がてら、ここに連れてきたというわけよ。こいつも俺と主水ちゃんが親友だとは知らなかったみたいでさ」

木村が江川に視線を送る。江川はカメラバッグを膝（ひざ）の上で抱え、俯いていた。

木村の話は驚くべきものだった。

江川は、パパラッチとしてスクープ写真の撮影を得意としている。その腕を見込んで木村も仕事を依頼するという。

二週間ほど前のことになるが、江川に電話が入った。主水と冨久原玲とが一緒にいる写真を撮影しろという依頼だった。依頼主は『蘆沢』と名乗った。以前にも頼まれたことがあり、結構な報酬を支払ってくれる上客だった。本名かどうかも含めて素性（すじょう）は分からない。

江川は奇妙な依頼だと思った。銀行の庶務行員と金融庁のエリート女性官僚の組み合わせ。報酬は、一〇〇万円。江川が受けとる額としては破格だ。

「いい仕事だよな。俺が回すのはけち臭い仕事ばかりだからな」

木村が自嘲気味に言う。

「ええ、木村さんの仕事はチープですから」

江川が申し訳なさそうに応じた。

「なんだと、逮捕するぞ」

木村が凄む。

「勘弁してください」

江川は今にも泣きそうな顔になる。ここに来るまでに、相当ヤキを入れられたのだろう。

「ところが撮影に失敗したんだな。すると蘆沢から写真の捏造を指示された。こいつも落ちぶれているとはいえカメラマンだ。一旦は断ったのだが、蘆沢からもう二度と仕事を依頼しない、一〇〇万円の報酬も支払わないと言われて……」

「捏造したんですね」

「はい」

江川が頭を下げた。

「あなたのせいで私は、大変な迷惑を被りましたよ」

「申し訳ありません」

江川はひたすら恐縮する。

主水は、木村の説明に思い当たるふしがあった。江川に仕事を依頼した人物の名前——蘆沢といえば、勝俣から顧客情報を購入した人物と同じではないか。おそらく偽名だろうが、同一人物だろうか。

「江川さん」

主水に声をかけられ、江川が緊張した表情で主水を見つめた。

「仕事を依頼した蘆沢という男のことを、あなたはご存じなのですか？」

「今回は電話だけでしたので本人と会ってはいませんが、半年ほど前、最初に依頼された時に、彼の写真を撮ってあります。仕事柄、危ない橋を渡るので、念のため依頼主の顔も隠し撮りしているんですよ。これです」

江川はバッグからカメラを取り出して、そのモニターに写真を映し出した。

スチール製の細縁眼鏡をかけた、精悍(せいかん)な顔立ちの男だった。年齢は六十歳前後だろう。生真面目(きまじめ)な印象だ。

「どうしてこの男が、あなたに仕事を依頼するようになったのですか。かなり面倒な仕事もあるようですが。教えてくださいますか。お願いします」

主水は江川に頭を下げた。この男の正体が分かれば、第七明和銀行に降りかかっている数々の問題を解決する糸口が見つかるかもしれない。ここは下手に出るに限る。

江川の表情が明るさを取り戻した。主水が頭を下げたので、許されたと思ったのだろう。

「蘆沢からの依頼は『財界インテリジェンス』の片桐修社長を通じてでした」

『財界インテリジェンス』は、企業のスキャンダルを中心に掲載している雑誌だ。

「元総会屋だな」

木村がぽつりと呟いた。かつて存在した総会屋とは、企業の株を保有し、株主総会で経営者を脅すなどして不当な利益を得ていた者たちのことだ。警察の徹底した取り締まりによって今では事実上、息の根を止められ、転廃業してしまった。件の片桐も出版社経営に転じたのだろう。

「蘆沢の素性は、片桐社長からは聞いていません。名刺ももらいませんでした。しかし、片桐社長によれば、払いは信頼できる人だからということでした。それで依頼を受けるようになったのです。会った印象では大企業の偉い人って感じでした」

「この蘆沢の写真、いただけますか？」

主水が訊いた。

「渡せよ。迷惑料代わりだ」

木村が、またも江川に拳を差し向ける。

「分かりました。差し上げます」

江川が情けない顔で応じた。

「ありがとうございます。江川さん、今度は私の依頼を受けてくださいませんか？」

主水は怒りも見せず、江川を見つめた。

「あっ、はい、はい」

江川が動揺しつつも、了承した。

5

清河は、芹沢と共に金融庁の副大臣室にいた。金融庁長官の遠井金雄も同席している。

「頭取、どんなことがあっても第七明和銀行を吸収して、こてんぱんにしてください」

内閣府金融庁担当副大臣の山下慎太郎は、その言葉に満身の怒りを込めた。憎き多加賀主水の顔が、山下の脳裏に浮かんでは消える。山下は、かつてあれほどの屈辱を味わったことがなかった。

人前で妻の玲に頬を叩かれた挙句、床に転がされたのだ。写真でも撮られていたら、国会で問題になるところだった。

「分かっております。今、我が行では第七明和銀行を追い詰める作戦を展開中で、いよいよ大詰めです。向こうから我々の軍門に降ることでしょう。メガバンクを超えるギガバンク構想が実現した暁には、遠井長官が懸念されている地銀の救済に乗り出す所存です。国内において圧倒的な経営基盤を確立することで、この低金利環境を乗り切ってみせます」

清河は、自らを鼓舞するように演説を打った。

「いやぁ、頼もしい。期待していますよ。とにかく腹立たしい男がいる。あの男を排除せねばなるまい」

山下は怒りで奥歯を嚙み潰してしまいそうだった。

「山下先生がお怒りになっているのは、多加賀主水という庶務行員のことでございますか？」

「頭取も、奴の名前をご存じか？」

「会ったことはございませんが、我が行のやることをことごとく邪魔していると聞いています。世界的な金融機関を目指している我々を庶務行員ごときが邪魔しているとは笑止千万でございます。のう、芹沢」

清河は芹沢に話を向けた。

「はは……」

愛想笑いをする芹沢に、いつもの迫力はなかった。姉の綾子が主水に助けられ、主水のことを神のごとく慕っているからだ。以来、どうも切っ先が鈍っている。

「どうした芹沢。お前をもってしても主水とやらを倒すことはできぬのか」

清河が渋い表情をする。

「はあ、なかなか手ごわい相手でして」

芹沢は内心を悟られないよう低頭した。

「副大臣」

長官の遠井が発言する。

「なんでしょうか。なにか意見がありますか？　まさか、今更この合併に反対だというんじゃないでしょうね。あなたは妻の玲の意見に従いすぎです。彼女はもはや、主水とやらに洗脳されていますからね。私のやることにことごとく反対する。どうしようもない」

山下が苛々した表情を隠さず、遠井を睨む。

国の経済を左右する銀行再編の問題に夫婦間のいざこざを持ち出すなと怒鳴りたいところだったが、遠井はぐっと我慢した。

山下には、あまり良くない噂もあるが、首相に気に入られていることだけは間違いない。政治主導の時代であり、山下に逆らうことは得策ではないのだ。とはいえ、言うべきことは言わねばならない。

「よしんばギガバンク構想が実現したとしても、相当、大胆なリストラが必至でありますこの低金利時代を生き抜くには、たとえギガバンクであっても厳しいからです。大幅なリストラを敢行することで、かえって経済にマイナスの影響を与えることになりはしないでしょうか」

遠井の言葉を選んだ反論に、山下が表情を激変させた。

「何を言っているんだ。リストラは今でもやっている。ギガになろうとなるまいと関係ない。それより現在は、どの業界だろうと、一強でなければならないんだ。ギガバンクを作ることで、そこから新しい時代が始まる。そんな構想力もないのか！」

山下の怒声に、遠井は体を震わせた。

「素晴らしい。素晴らしい。その通りです」

すかさず清河が手を叩く。

いったいどのようにして山下に食い込んだのか分からないが、清河の思い通りにはさせたくない。遠井は歯噛みした。こんな品のない人間がギガバンクのトップになることは、断じて許されない。その事態を阻止するためには、冨久原審議官と協力しなければなるまい。そして主水とやらとも……。

遠井は、怒りが沸々と湧き上がるのを感じていた。久しぶりに闘争心に火が付いたようだ。

遠井は、芹沢に視線を向けた。この男は、先ほどから妙に沈んでいる。以前はもっと強気の印象があったのだが、どうしたのか。この男が清河の汚れ仕事を一手に引き受けているという。彼を取り込めないだろうか。清河や山下の弱点が見つかるかもしれない。

遠井の視線に気づいたのか、芹沢が顔を背けた。

「清河さん」

「なんでしょうか。山下先生」

「私は、主水という男を許すことができん。極めて個人的な事情ではあるがね。こっぴどく痛めつけてやりたい。これは頼んでいるわけではない。ただの独り言だがね」

「独り言、お聞き届けいたしました。ここに控えます芹沢とともに。のう、芹沢……」

にたりと不気味な笑みを浮かべて、清河が芹沢を振り返った。

「はい……」

芹沢は答えたものの、思わず小さなため息をついた。

6

毎夜賑わっていた中野坂上の駅前は、今や閑散(かんさん)としていた。新型ウイルス感染拡大の影響で、人が出歩かなくなってしまったのだ。

主水は考え込んでいた。興和菱光銀行から持ち掛けられた合併の話に、頭取の吉川が迷っているからだ。今回の一連の騒動は、第七明和銀行を追い詰めようとする興和菱光銀行の仕業であると主水は信じている。確たる証拠はないが、江川の証言がそれを物語っている。しかし江川の言う蘆沢なる人物と、興和菱光銀行とが結び付いて初めて証拠となり得る。そのつながりが明らかになるまでは、興和菱光銀行の謀略(ぼうりやく)だとは言いきれない。そのために吉川は悩んでいるのだ。そしてもう一つ、ギガバンクになれば、現在の低金利の経営環境を乗り切れるのではないかとの思いが、吉川のどこかにあるのだろう。

主水は、叶うなら正義にもとる興和菱光銀行の清河と手を組むことはやめろと、声高(こわだか)に諫(いさ)めたい。だが一介の庶務行員の立場で、経営判断にタッチすることは許されない。合併するかしないか、全ては吉川の責任において決断されねばならない。主水としては、間違いが起こらないよう、適切な情報を提供することしかできない。

玲にも迷惑をかけてしまった。まさか玲の夫が山下金融担当副大臣で、玲の上司にあたるとは思いもよらなかった。このまま離婚などという事態に進まなければいいのだが……。家庭内の問題は勿論、玲の金融庁内での立場が危うくなることも心配だ。自分が玲に相談を持ちかけたばかりに、大きな迷惑をかけてしまった。主水の心に後悔が募る。

馴染みの居酒屋に通じる路地に差しかかった。この路地は近道で、いつも閑散としていて夜の暗さが染み込んでいるのだが、今夜は一層暗い。

「主水だな」

暗闇から声がかかった。

「だれだ？」

俯き気味に歩いていた主水は体を起こし、即座に周囲を見渡した。迂闊だった。周囲を見知らぬ数人の男に囲まれていた。

「こっちはあんたと縁も所縁もないが、頼まれ仕事で仕方がない。あんたがいろいろと動き回れないようにしてくれということなんでね。やれ！」

男が指示すると、他の男たちの手に握られた得物が、闇の中できらりと光った。刃物だ。

主水は、瞬時に戦うべき男の人数と位置を把握した。前方に、指示を出している男と、手下がもう一人。背後に手下が二人だ。

三人の手下が刃物を持っている。狭い路地の左右には塀が迫っており、逃げることはできない。前後のどちらかを突破するしかない。

「ウオーッ」

前後の三人の手下が一斉に刃物を振りかざし、あるいは突き出して、主水めがけて突進してきた。

対する主水は徒手空拳、相手の姿がはっきり見えない暗闇の中で戦わねばならない。不利であることこの上ない。有利なのは、ただ一点。この路地を通い慣れているということだけだ。

手下三人が奇声を発したと同時に、主水は左足で脇の塀を力強く蹴った。ベリッという音と共に、塀の板が外れた。塀のこの辺りの板が緩んでいたことを承知していたのだ。主水は外れた板を素早く手に取る。

「正面から飛び込んできた男に、主水は板をしたたかに打ちつけた。

「エイッ」

「ウッ」

男は短い呻き声を上げ、前のめりに倒れる。刃物が手から離れて石畳に落ち、カンという乾いた音を立てた。

主水は間髪容れずに体を翻し、背後から飛び込んできた二人の男の刃物を避けると、板を剣に見立てて正眼に構えた。

主水のあまりにも素早い動きに機先を制された二人の男は、切っ先を主水に向けたまま、腰が引けた形でその場に固まっている。

「思っていた以上にやるではないか」

指示を出していたリーダーの男が、主水の背後から低い声で呟く。自分が乗り出すつもりなのだろうか。

主水は背後にも警戒を怠ることなく、壁を背にする立ち位置に変えた。これによって、二人の手下とリーダーの男を同時に制止できる。闇の中は静寂で満たされ、誰もが動きを止めていた。

「待て、待つんだ」

暗闇の向こうから、別の男が近づいてきた。主水には暗くて顔は見えない。

「あっ、旦那(だんな)」

リーダーの男が、急に腰を折った。

「襲撃は中止だ。お前ら引き上げろ」

「いいんですか？　それで」

リーダーの男がいかにも名残惜しそうに言う。久しぶりに手ごたえのある相手に会えた喜びを奪われ、残念がっているかのようだ。

「ぐずぐず言うな。さっさと引き上げるんだ」

「へい、分かりました。みんな引き上げるぞ」

リーダーが声をかけた。二人の手下が、石畳の上に伸びている仲間を抱え起こす。気を失った男は手下二人の肩に支えられ、暗闇に消えていった。リーダーの男もいなくなった。

主水は、手に持っていた板を捨てた。しかしまだ警戒は怠らない。

「お騒がせしました」

旦那と呼ばれた男が、暗がりから主水に向かって歩いてくる。

「あなたが襲撃を指示したのですか」

主水は努めて冷静に言った。

「まあ、そういうことになりますかね」

男は全く悪びれずに答える。まだ顔は見えない。

「私が邪魔なのですね」

主水は自ら男に近づいていった。男は、武器を持っているかもしれない。いつでもそれを払いのけられるように体勢を整えていた。

「そういうことなのですが、ちょっとご相談がありまして……」

男の顔がようやく認識できる距離にまで近づいた。

「あなたは……」主水は男の顔を見て驚き、わずかに動揺を覚えた。しかし、すぐに気を取り直す。「分かりました。ご相談とやらをお聞きいたしましょう」

7

高田町の外れにある料亭『錦亭（にしきてい）』は、新宿区内はもとより、都内屈指（くっし）の高級料亭である。吉川頭取は、ここに興和菱光銀行の清河頭取を招待した。合併の具体的な協議を行なうためだ。

吉川は依然として、興和菱光と合併すべきか迷っていた。合併が、真に取引先のためになるのか、行員たちの幸せにつながるのか。合併するにしても、その相手は興和菱光でいいのか。しかし、その迷いも今日、吹っ切るつもりでいた。吉川の決意は固い。

「こんな素晴らしい料亭が、新宿の外れにあったのですな。存じ上げませんでしたぞ」

清河は、座敷から中庭を眺めていた。中庭には樹木が鬱蒼と生い茂っている。座敷から出ると廊下の一角が庭に突き出て桟敷となっており、そこから池の鯉に餌を与えることができる。

「お気に召していただけたでしょうか。銀座や赤坂と違い、鄙びた場所にお招きして失礼かと存じましたが……」

「なんの失礼がありましょうか」清河は振り向き、満足そうな笑みを浮かべた。「あなたがようやくわたしのギガバンク構想に同意してくださるかと思うと、この庭の池に飛び込みたいほど嬉しく思いますぞ」

清河が脂ぎった額をてらてらと光らせながら、上座にどさりと腰を下ろした。

「まだ決断したわけではございません。迷っております」

吉川は恐縮しつつ言った。清河の迫力に押し負けてはならない。

「経営者というのは決断するのが仕事ですぞ。今や世界経済が大変な事態に直面しております。米中貿易摩擦、環境問題、そして今回の新型ウイルス感染拡大による世界的な大不況……。これらに機動的に対処していくには、私とあなたが手を結ぶしかないんです」

清河が自信たっぷりに胸を張る。

「そうでしょうか。私は、他にも道があるのではないかと考えております」

吉川の言葉に被せるように、清河が口角泡を飛ばす勢いで断言する。

「他に道などない」

吉川は眉根を寄せて、清河を見つめた。

そこへ、仲居頭の浜辺里美が現われた。彼女は主水の仲間である。

「準備が整いましてございます」

里美が座敷に正座して深く頭を下げ、吉川に伝えた。

「準備とな？　料理のことか」

清河が怪訝そうに首を傾げた。

「本日は、いささか趣向がございます。食事の前に楽しんでいただければと思います」

吉川が答えた。いささか緊張した顔になっている。

「ほほう……」

清河が期待に気持ちを高ぶらせ、いったい何が起きるのか、やや緊張した表情になる。

急に座敷が暗転した。辺りは完全な闇に包まれた。

「おっ、どうした？　停電か？　うん、闇鍋でもするのか？　吉川さん、ちょっと暗すぎるな。まるで何も見えないぞ」

清河が動揺を隠しつつ、虚勢を張った。

しかし全く反応がない。無言、無音だ。

「おい、吉川さん、どうしたんだ？　どこにいるんだね。これでは自分の体さえ、見えないじゃないか」

清河の声に不安が滲み始める。

「いったい何が起きるのかね」

暗闇に身を沈めると、時間の感覚がなくなってくる。ほんの数分が数時間にも感じられてしまうのだ。清河の声に、焦りが色濃く表われ始めた。

座敷にぽっと明かりがついた。雪洞のぼんやりとした、柔らかく赤みを帯びた光だ。

「吉川さん、どこに行ったのだ」

目の前にいたはずの吉川の姿が見えなくなっていた。慌てて立ち上がろうとしたところで、清河は何者かに両肩を押さえつけられた。立ち上がることができない。

「だっ、だれだ」

首を捩じり、目を思いきり上に向ける。

「き、狐！」

清河を押さえつけていたのは、白装束に身を包んだ狐面の男だった。白狐の目は赤く隈取りされ、口は耳元まで赤く裂けている。清河の恐怖に歪んだ顔が、雪洞の明かりに照らし出された。

「自分の野望のために人を利用し、人を苦しみに陥れても、なんの痛みも感じない。そんな者に銀行という公的機関を経営する資格はない。高田町稲荷の使いが成敗いたす」

清河の耳元に口を寄せた狐が、地獄の底から響くような声で囁く。

「なんだと！　おい、吉川！　どこだ！　いったい何の真似だ」

清河の叫びに応じるかのように、雪洞の明かりに照らされた座敷にずらりと白装束の狐が並んだ。

「な、な、なんだ……。お前たちは！」

いったいどれほどの数かも分からない。ぼんやりとした明かりが暗闇に溶け込んで、現実と幻の境も判然としない中で、無数の狐たちが無言で正座し、清河を見つめていた。

「私は、あなたにそそのかされて、我が行の大事な個人情報をあなたの銀行に売り渡すという愚かな行為をしてしまいました。その情報を悪用され、本当の取り付け騒ぎが起こりかけてしまったのです。人々の信頼を裏切ったため、私は今、地獄でのたうち回っています。お恨み申し上げます」

一匹の狐が、悲しみを湛えた声で言う。

「そそのかした覚えはない！　馬鹿なことを言うな」

清河が怒鳴る。肩には依然として、狐面の男の指が食い込んでいた。

「私もあなたにそそのかされて他行のお客様を騙し、不正に金融商品の契約を取りました。お客様の信頼を裏切ったのです。そのため地獄で苦しんでおります。お恨み申し上げます」

次の狐は女性のようだ。

「知らん！　知らん！　いい加減に手を離さんか。肩が痛い」

清河が、背後の狐面の男に向かって叫んだ。

「まだまだお前の悪業は続くぞ。よく聞くのだ」

「私は、あなたのカネで買われたヘイトスピーチデモに襲われ、店の営業を邪魔されました。経営する店は地域から排斥されそうになりました。辛うじて人々の善意で救われましたが、あなたを許すことはできません」

今度の狐は、恨みの籠もった目を清河に向けた。

「私はあなたの銀行の貸し渋りに遭い、塗炭の苦しみを味わいました……」

「あなたの部下のパワーハラスメントにより、銀行勤めが不可能になりました……」

「あなたの銀行では書類を改竄し、多くの客に不正なローンを借りさせ、借金地獄に陥れている……」

居並ぶ狐たちが次々に恨み節を投げかける。

「いったいなんの趣向だ。早く止めろ。止めるんだ。吉川！」

清河が耐えきれずに大声を上げる。

突然、座敷が真昼のように明るくなった。

「な、なんだ」

ようやく狐面の男から解放された清河は、両手で目をこする。眩しくて前が見えなかった。清河の目が正常に機能し始めた時には、座敷に誰もいなくなっていた。あの狐たちはどこへ行ったのか……。

清河は慌てて背後を振り返った。先ほどまで肩を押さえつけていた狐面の男もいない。まるで今まで夢を見ていたかのようだ。

「吉川！　吉川！」

清河は、座敷を叫びながら徘徊する。

さっと襖が開いて、座敷に入ってきたのは冨久原玲だった。

「おお、審議官。いったい何が起きているんだ」

清河が玲に近づく。

「清河さん、あなたのギガバンク構想は許すわけにはいきません。あなたは違法に第七明和銀行の個人情報を入手し、それを数々の不正な営業などに使い、金融を混乱させました。許されることではありません。刑事事件化も検討いたします」

玲は淡々と宣告した。

「何をふざけたことを。私のギガバンク構想を許さないだと。そんなことがあるものか。違法に個人情報を入手し、不正を行なった？　証拠があるのか。証拠が！」

清河の怒声を聞き流しつつ、玲が視線を背後の襖に向けた。静かに襖が開く。

そこに現われたのは、腹心の芹沢だった。

「芹沢、お前、なぜそこにいるんだ」

清河の目は血走り、うろたえている。

「清河頭取、あなたの悪事は全て芹沢さんからお聞きしました。興和菱光銀行のガバナンスに大いに問題ありとして、金融庁は検査に入らせていただきます。その結果、法令違反があれば、刑事告発も辞さない決意です」

玲が断固として言い放った。

「芹沢……お前、裏切るのか！」

清河が芹沢に詰め寄り、その息遣いが聞こえるほどに鼻先を近づける。

「私はあなたに命じられるまま汚れ仕事をして参りましたが、少し、世の中のお役に立つ仕事をしたくなりました。お許しください。あなたの悪事を全て話しました」

芹沢は落ち着いた様子で答えた。

「く、くそ。お前に与えた恩義を忘れたのか。ところで審議官、先ほどから聞いていりゃ、ふざけたことばかり言いやがって。あんたの亭主、山下副大臣はこっちの味方だ。金融担当副大臣にギガバンク構想の了承を取っているんだぞ。あんたはクビだ！」

清河は憎々しげに吐き捨てた。それでも玲は怯むことなく、冷静な笑みを浮かべた。

「清河頭取。あなたと組む気はありません」

次に現われたのは、吉川頭取だった。隣に白装束の狐面の男を従えている。

「吉川、お前、いったいなんの真似だ。そいつはだれだ」

清河は怯えた顔で、狐面の男を指さした。狐面の男がゆっくりと面を外した。

「第七明和銀行高田通り支店の庶務行員、多加賀主水と申す者でござる」

主水は、カッと怒りの籠もった目で清河を睨んだ。

「お、お前が、多加賀主水か。庶務行員ごときに私の高邁な理想が理解できるものか！」

清河が声を荒らげる。

「高邁な理想も人に対する愛があってこそです。清河頭取」

吉川が厳しい表情で否定する。

「お前ら、みんな滅ぼしてやる。山下副大臣は大臣、首相とツーカーの仲だぞ。わかっているのか！」

清河は玲に向かって怒鳴り散らした。

「山下副大臣は、ただちに解任されることになります。あなたとの癒着が問題になっていますのでね」

玲が最後通告を突きつけ、芹沢に視線を振った。芹沢は小さく頷く。

「全て、全て、私が暴露しました」

「な、なんて奴だ。この裏切り者！　地獄に落ちろ！」

清河は、その場に頽れた。

8

　金融担当大臣の朝熊太郎（あさくまたろう）は、金融庁長官の遠井による報告を聞いていた。机には複数の写真と、一枚の報告書が置かれている。

「興和菱光銀行の清河頭取と山下副大臣の癒着は、これほどまでにひどかったのか」

「写真にありますように、二人は頻繁（ひんぱん）に高級料亭やクラブに出入りしておりました。これだけでも問題ですが、この報告書にありますように、興和菱光銀行からは何名かの役員の個人名義を騙って、山下副大臣に高額の献金がなされております。これらは政治資金報告書に記載されておりません。今、山下副大臣は、興和菱光銀行の清河頭取と謀（はか）り、第七明和銀行を傘下（さんか）に収め、ギガバンクを作ろうとしております。これらはその見返りということでしょう」

　淀（よど）みなく遠井が説明する。

「ギガバンク構想の是非（ぜひ）はともかくとして、清河頭取にはそのトップに立つ資格がなさそうだね。勿論、山下副大臣にも」

朝熊が渋い表情をする。

「その通りでございます」

遠井は答えた。

「スキャンダルにならんかね。これが表に出てしまえば、政権にとってもかなり影響がある。勿論、私にとってもだ」

「私どもからは、どこにも漏れません。ただしそれは、大臣が山下副大臣をそのポストから外されることが条件となるでしょう」

「外さなければどうなるのだ？」

「私に情報を提供してきた者が外部に出すやもしれません」

遠井は冷静に言った。

「分かった。すぐに総理に相談して、処理しよう。金融庁内部は大丈夫か？　動揺はないか？」

「むしろすっきりすると思われます。山下副大臣は私情を優先させますので

……」

遠井は薄く笑みを浮かべた。

「あなたも大した人だな。その辺に多くいる忖度官僚の一人だと思っていたが、

官僚にしておくのは惜しい人材だ。私の派閥から選挙に出ないか」

朝熊が相好を崩した。

「私などは一介の公僕にすぎません」

遠井は、朝熊に深く頭を垂れた。

9

「主水サン、お客様デス」

バンクンが主水に声をかけた。主水はロビーで客に口座開設について説明しているところだった。

「お客様？」

主水は説明を止めて、バンクンに視線を向けた。バンクンの隣で、新見綾子が静かに頭を下げている。

その傍らに、笑顔を浮かべた二人の男性がいた。一人は息子の清隆だ。ひきこもりだった頃の陰鬱さはすっかり消え、濃紺のスーツがよく似合っている。

もう一人は、主水が中野坂上の路地で襲われた際、暴漢たちを引き下がらせた男だった。パパラッチの江川が写真を撮ってくれていたおかげで、あの夜、顔を判別することができた。蘆沢と偽名を名乗っていた謎の人物。

それは芹沢だった。

【参考文献】

斎藤環『中高年ひきこもり』（幻冬舎新書）

（この作品は、『小説ＮＯＮ』（小社刊）二〇二〇年一月号から七月号に連載され、著者が刊行に際し加筆・修正したものです。また本書はフィクションであり、登場する人物、および団体名は、実在するものといっさい関係ありません）

庶務行員　多加賀主水の憤怒の鉄拳

一〇〇字書評

切り取り線

購買動機（新聞、雑誌名を記入するか、あるいは○をつけてください）	
□（　　　　　　　　）の広告を見て	
□（　　　　　　　　）の書評を見て	
□ 知人のすすめで	□ タイトルに惹かれて
□ カバーが良かったから	□ 内容が面白そうだから
□ 好きな作家だから	□ 好きな分野の本だから

・最近、最も感銘を受けた作品名をお書き下さい

・あなたのお好きな作家名をお書き下さい

・その他、ご要望がありましたらお書き下さい

住所	〒				
氏名		職業		年齢	
Eメール	※携帯には配信できません	新刊情報等のメール配信を 希望する・しない			

この本の感想を、編集部までお寄せいただけたらありがたく存じます。今後の企画の参考にさせていただきます。Eメールでも結構です。

いただいた「一〇〇字書評」は、新聞・雑誌等に紹介させていただくことがあります。その場合はお礼として特製図書カードを差し上げます。

前ページの原稿用紙に書評をお書きの上、切り取り、左記までお送り下さい。宛先の住所は不要です。

なお、ご記入いただいたお名前、ご住所等は、書評紹介の事前了解、謝礼のお届けのためだけに利用し、そのほかの目的のために利用することはありません。

〒一〇一‐八七〇一
祥伝社文庫編集長　坂口芳和
電話　〇三（三二六五）二〇八〇

祥伝社ホームページの「ブックレビュー」からも、書き込めます。

www.shodensha.co.jp/bookreview

祥伝社文庫

しょむこういん　たかがもんど　ふんぬ　てつけん
庶務行員　多加賀主水の憤怒の鉄拳

令和2年7月20日　初版第1刷発行

著　者　江上　剛（えがみ　ごう）
発行者　辻　浩明
発行所　祥伝社（しょうでんしゃ）
東京都千代田区神田神保町 3-3
〒101-8701
電話　03（3265）2081（販売部）
電話　03（3265）2080（編集部）
電話　03（3265）3622（業務部）
www.shodensha.co.jp
印刷所　萩原印刷
製本所　ナショナル製本
カバーフォーマットデザイン　芥 陽子

Printed in Japan ©2020, Go Egami ISBN978-4-396-34645-4 C0193

祥伝社文庫の好評既刊

大下英治　逆襲弁護士　河合弘之

バブルの喧騒の中で、ビジネス弁護士として立身した男。現在、反原発の急先鋒として闘い続ける彼の信念とは？

大下英治　不屈の横綱　小説　千代の富士

剝き出しの闘志で我々を虜にした伝説の横綱。国民から愛されたスターの裏には、想像を絶する苦労があった――。

大下英治　最後の怪物　渡邉恒雄

ナベツネとはいったい何者なのか。メディア、政界、プロ野球界……あらゆる権力を掌握した男の人生に迫る！

大下英治　百円の男　ダイソー矢野博丈

「利益が一円でも売る！」一〇〇円均一ショップ・ダイソー創業者の、波瀾万丈の人生と経営哲学に迫る！

機本伸司　未来恐慌

2029年、スパコンが弾き出すのはバラ色の未来予測のはずだった。ところが答えは「日本破産」⁉　驚愕の経済SF。

木宮条太郎　弊社より誘拐のお知らせ

商社の名誉顧問が誘拐された。身代金は七億円。肩書だけ危機管理担当の平社員が前代未聞の大仕事を任される！